Tod zum Dessert

Uwe Voehl

Tod zum Dessert

Roman

nach einem Storyboard
von Carsten Sebastian Henn
und Uwe Voehl

Verlag topp+möller
Detmold 2015

Titelfoto: dedi - fotolia
Umschlaggestaltung: Kreativagentur · topp+möller conAct

Bibliografische Information Der Deutschen Bibliothek
Die Deutsche Bibliothek verzeichnet diese Publikation in der Deutschen Nationalbibliografie; detaillierte bibliografische Daten sind im Internet über http://dnb.ddb.de abrufbar.

ISBN: 978-3-936867-58-9

Erste Auflage 2015

Verlag und Gesamtherstellung: topp+möller, Detmold
Lektorat: Gisela Greving-Voehl, Malte Schulz-Sembten

Für Caroline

Kapitel 1:
Freitag, der dreizehnte

Wie aus heiterem Himmel setzte der Regen ein.

Automatisch hob Claudine die Hand, um sich die ersten Tropfen von der Stirn zu wischen. Doch als ihr Blick auf den Handrücken fiel, erstarrte sie.

Die Tropfen zogen rote Bahnen über ihre Haut.

Blut!, schoss es ihr durch den Sinn.

Vom Himmel regnete es Blut!

Claudine blickte nach oben, und Blutstropfen trafen ihr Gesicht.

Ebenso erging es den drei Dutzend übrigen Anwesenden, die sich im Schatten der Lambertikirche versammelt und die blutbesprenkelten Gesichter himmelwärts gewandt hatten.

„Und der erste Engel stieß in die Posaune, und es entstand Hagel und Feuer, mit Blut vermischt, und wurde auf die Erde geworfen … So steht es in der Offenbarung!“, rief ein schwarz gewandeter Mensch, den Claudine aufgrund seines weißen Kragens sofort als Priester erkannte.

Claudine strengte ihre Augen an. Weder von Hagel noch von Feuer war etwas zu sehen. Es blieb beim Blut. Aber das war seltsam genug. Außerdem war es eklig.

Nach dem ersten Schrecken kam nun Bewegung in die Menge. Einige entfernten sich, so rasch sie konnten, andere schauten nach wie vor gen Himmel, um den Ursprung des Blutregens auszumachen. Eine ältere Dame hatte ihren Regenschirm aufgespannt. Um den Pfarrer hatte sich ein kleines Grüppchen gebildet und hing an dessen Lippen.

War das der Beginn der Apokalypse?

Aber da hatte sich Claudine bereits von ihrem Erstaunen erholt und rannte los.

Richtung Lamberti. Direkt auf das große Eingangsportal zu.

4 Stunden vorher

„Mist, die Karre springt nicht an!“ Imke fluchte lautstark. „Und das ausgerechnet heute!“

Imke versuchte seit zwei Minuten, den alten Citroën-Lieferwagen zu starten. Aber der 4-Zylinder-Ottomotor gab heute Morgen keinen Mucks von sich.

„Vielleicht ist ihm zu kalt?“, mutmaßte Claudine. Obwohl der stahlblaue Himmel einen sonnigen Tag verhieß, war es um diese Zeit noch verdammt eisig. Sie hatten sogar die Scheiben freikratzen müssen.

Und jetzt saß Claudine neben ihrer besten Freundin Imke auf dem Beifahrersitz und bibberte. Dem bevorstehenden Event entsprechend hatte sie sich für ein Kleid entschieden. Das sah eleganter aus als Jeans. Inzwischen hielt sie ihren Entschluss für eine Schnapsidee. Wo doch dieser Jean-Claude Feuerwasser, um den sich heute alles drehte, selbst immer wie ein Pennbruder herumlief. Zudem gab es bei Kunstausstellungen eh keinen Dresscode.

Dennoch: sie fuhr ja immerhin in halboffizieller Funktion nach Münster. Schließlich sponserte die Küchenfirma ihrer Familie den berühmten Künstler.

„Ich fürchte, es ist hoffnungslos!“, sagte Imke. Der Anlasser orgelte noch nicht einmal mehr. „Und für diesen Schrotthaufen habe ich meinen Mini hergegeben!“

Trotz der bitteren Worte glaubte Claudine nicht, dass ihre Freundin das ernst meinte. Sie hatte sich Hals über Kopf in den Lieferwagen verknallt. Seither war die Rostlaube, die in einer Hinterhofgarage vor sich hingegammelt hatte, ein bunter Cup-Cake-Kuchen auf vier Rädern geworden. Er hatte sogar einen Namen: Herrmann.

Claudine sah auf die Uhr. „Vielleicht schaffen wir es ja noch pünktlich, wenn wir den Zug nehmen?“

„Und die Cupcakes? Willst du dir die auf den Schoß packen?“

Sie hatte Imke mit ins Boot geholt, damit sie sich endlich mal wieder sahen. Und ganz nebenbei würde Imke ein gutes Geschäft machen, denn sie hatte das Catering für die Vernissage übernommen.

„Und ein Taxi?"

„Zu teuer", wandte Imke ein. „Von Bielefeld nach Münster ist es eine Weltreise."

„Das zahlt die Firma, keine Sorge. Hauptsache, wir kommen pünktlich."

„Nein, ich lasse Herrmann nicht im Stich. Außerdem ist er der Clou."

Das stimmte allerdings. Seit Imke mit Herrmann auf immer mehr Wochenmärkten auftauchte, ging es mit dem Geschäft steil bergauf. Sie überlegte sogar ernsthaft, das Café am Siggi zu schließen und nur noch mit Herrmann von Markt zu Markt zu fahren. Immerhin beherbergte er eine voll funktionsfähige Küche. Die hatte Claudine gesponsert. Schließlich saß sie an der Quelle.

Imke schlug sich gegen die Stirn. „Ich weiß, warum Herrmann nicht anspringt!"

„Ja und?"

„Heute ist Freitag, der dreizehnte!"

„Natürlich, und wenn wir heute den vierzehnten hätten, wären wir jetzt schon auf der Autobahn, oder was?"

Schließlich kam Herrmann doch noch in Gang: Es lag an der Batterie, wie der herbeigerufene ADAC-Mitarbeiter feststellte. Zufälligerweise hatte er auch gleich eine neue dabei: „Heute Morgen springen viele Wagen nicht an. Muss am dreizehnten liegen."

Immerhin kamen sie doch noch halbwegs pünktlich in Münster an. Vor der Lambertikirche hatten sich schon etliche Besucher versammelt. Sobald Imke ihren Herrmann geparkt und den Ofen eingeschaltet hatte, konnte es auch gleich losgehen. Außer Cupcakes gab es herzhafte Sandwiches. Und natürlich den obligatorischen Sekt.

Claudine half beim Ausschenken. Bedienen musste sich schon jeder selbst. Als sie sah, dass Imke auch allein zurechtkam, mischte sie sich unter die Besucher, zu denen sich inzwischen auch einige Neugierige gesellt hatten.

„Gibt's hier was umsonst?" Der Frager, ein älterer Mann mit schulterlangen grauen Haaren, sah Claudine erwartungsvoll an. Der ist doch sicherlich schon Rentner, dachte Claudine. Oder Student im fortgeschrittenen Semester.

„Das ist eine Vernissage des international gefragten Konzeptkünstlers Jean-Claude Feuerwasser aus Bielefeld", schnurrte sie herunter.

„Bielefeld? Ich dachte, das gibt's überhaupt nicht."

Das war ein Witz, über den Claudine inzwischen nicht mehr lachen konnte. Zudem sie sich in die Stadt am Teutoburger Wald inzwischen verliebt hatte. Und natürlich auch in ihre Bewohner.

„Doch, das gibt's. Allerdings muss man sich erst durch einen riesigen Cupcake essen, wenn man nach Bielefeld hinein will. Übrigens: Cup-Cakes gibt's am Stand dort drüben bei meiner Freundin. Umsonst."

Der Mann stiefelte davon, aber sogleich wurde Claudine erneut in Beschlag genommen. Zuerst roch sie nur das Citrusduft-Parfüm. Dann erkannte sie Jens Meyer-Haferkamp, seines Zeichens Feuerwassers Eventmanager. Sie hatte bisher nur mit ihm telefoniert, und neugierig wie sie war, hatte sie ein Foto von ihm gegoogelt. Meyer-Haferkamp war Mitte dreißig, hochgewachsen, schlank und gut aussehend. Wahrscheinlich war er deshalb etwas affektiert. Das zurückgekämmte schwarze Haar, die teure Designerbrille und die gestelzte Art, sich zu bewegen, ließen darauf schließen, dass er selbst sich für unwiderstehlich hielt.

„Ah, Claudine, da sind Sie ja!" Sie hatten sich darauf verständigt, einander mit Vornamen anzureden. In Künstlerkreisen war das wohl so üblich. „Ich habe Sie sehnlichst erwartet."

Wohl eher Imkes Sekt und Sandwiches, dachte Claudine mit Blick auf seinen Teller. Meyer-Haferkamp war anscheinend Profi, wenn es darum ging, sich in kürzester Zeit möglichst viel des kostenlosen Büffets einzuverleiben. Sein Sektglas war bis zum Rand gefüllt. Auf dem Teller, den er mit der anderen Hand balancierte, häuften sich die Leckereien. Trotzdem schaffte er es irgendwie noch, sie zu umarmen und auf beide Wangen zu küssen. Sein Parfüm hüllte sie dabei ein wie eine Wolke.

Claudine sah sich um. „Wo steckt denn der Künstler?"

„Jean-Claude? Der taucht erst immer am Ende der Vernissage auf. Er ist eben ein echter Profi und lässt erst mal seine Werke für sich sprechen."

„Na, dann bin ich mal gespannt."

Claudine hatte keine Ahnung, was sie erwartete. Jean-Claude Feuerwasser hatte auf die künstlerische Freiheit gepocht und sich nicht in die Karten gucken lassen. Jedenfalls hatte er diesmal ausschließlich Küchen oder Küchenteile für seine Werke verwendet. Zur Verwirklichung dieses Konzepts war er an SCHMIDT Küchen herangetreten. Auf diese Weise war die Zusammenarbeit zustande gekommen.

Im ersten Moment hatte Claudine ein „Diesmal nicht" auf der Zunge gelegen, als Tante Claire sie in Paris angerufen und gebeten hatte, nach Münster zu fahren, um sich vor Ort ein Bild von Feuerwasser zu machen und zu klären, ob man mit dem spleenigen Künstler weiter zusammenarbeiten sollte.

Aber Tante Claire kannte Mittel und Wege, ihre Wünsche durchzusetzen. Widerstand war zwecklos. Nicht umsonst nannte man sie hinter vorgehaltener Hand die „Queen". Obwohl sie offiziell die Firmenleitung abgegeben hatte, zog die Queen im Hintergrund noch immer die Strippen. Und es war besser, sich ihr Wohlwollen zu sichern anstatt gegen sie zu agieren. Selbst in Paris hatte Claudine das monatliche Carepaket der Queen erhalten: aktuelle Zeitungen aus der

Heimat, druckfrische Broschüren aus dem Möbelimperium und ihre Lieblingsspeise: Lyoner mit Maggi.

Claudine hatte also zugestimmt, auch weil ihr klar geworden war, wie nah Münster bei Bielefeld lag. Ideal also, um nach Monaten ihre beste Freundin Imke wiederzusehen. Und all die anderen netten Menschen, die sie dort kennengelernt hatte. Länger als ein Jahr hatte sie in Bielefeld gewohnt. Außerdem traf es sich gut, dass sie in Paris gerade alle Zelte hinter sich abbrach.

Und jetzt stand sie hier auf dem Platz vor der Münsteraner Lambertikirche und fror wie ein Schneider.

Sie schaute zur Kirchturmuhr hoch. Halb zwölf. Wann sollte es noch einmal losgehen? Sie fragte Meyer-Haferkamp danach.

„Um fünf vor zwölf."

„Ist das Zufall oder symbolisch?"

„Natürlich symbolisch. Bei Jean-Claude ist nichts zufällig. Fünf vor zwölf: für die Menschheit, aber auch für jeden Einzelnen von uns ..."

Meyer-Haferkamp hielt aus dem Stegreif einen kleinen Einstimmungsvortrag. Offenbar hörte er sich gerne reden. Claudine hörte nur mit halbem Ohr zu und betrachtete die Leute. Ein wenig abseits fiel ihr ein junger glatzköpfiger Mann auf, der einen viel zu langen Ledermantel trug.

Nicht weit entfernt von ihm stand ein düster dreinblickender Mann mit langem, schwarzem Vollbart. Der Mann war um die fünfzig, trug einen Zopf und einen Overall, der mit Farbe bekleckert war. Insgesamt machte er einen ungepflegten Eindruck. Am unangenehmsten fiel aber seine offensichtlich schlechte Laune auf. Er machte ein Gesicht wie drei Tage Regenwetter. Außerdem hatte er als Einziger weder ein Sektglas noch ein Häppchen in der Hand. *Vielleicht verabscheut er ja Almosen,* dachte Claudine. Ein Asket war er jedenfalls nicht. Das erkannte man an dem Bauch, der sich unter der Latzhose wölbte.

„Wer ist der Herr?“, fragte Claudine an Meyer-Haferkamp gewandt.

Meyer-Haferkamp setzte eine saure Miene auf. Es sah aus, als hätte er von seinem Zitronenparfüm genippt. „Der Kerl dürfte gar nicht hier sein. Aber leider habe ich hier kein Hausrecht. Hier kann ja jeder Herumtreiber zugucken und abkupfern!“

„Trotzdem wüsste ich gern, wer er ist.“

„Manche nennen ihn Schwarzbart, er selbst bezeichnet sich als Rasputin.“

„Genau so sieht er auch aus!“

„Wenn Sie so wollen, sind er und Jean-Claude Konkurrenten. Obwohl Rasputin etliche Klassen unter Feuerwasser dahinwerkelt.“ Meyer-Haferkamp machte eine abfällige Handbewegung: „Ein Stümper vor dem Herrn, ein Scharlatan! Aber was rege ich mich eigentlich auf? Er ist es nicht wert. Und außerdem …“ Er schmachtete sie an. „Außerdem freue ich mich, Sie endlich persönlich kennenzulernen. Eine schöne Frau erhebt diese Eröffnung erst zur Vernissage. Ich hoffe, Sie haben nachher noch etwas Zeit …“

Gute Güte, ging der aber ran. „Sie meinen, um noch ein paar geschäftliche Dinge zu besprechen?“

„Nicht nur. Ich denke da …“

Zum Glück kam Imke dazwischen. „Mir geht allmählich der Schampus aus. Also, von mir aus könnte es jetzt bald losgehen.“

Claudine stellte ihre Freundin vor. Imke war offensichtlich von ihrem Gegenüber angetan, aber Meyer-Haferkamp kanzelte sie arrogant ab, was Claudine ihm nicht verzieh. Offensichtlich beurteilte der Eventmanager die Frauen nur nach dem Aussehen. Imke war zwar mollig, aber sie hatte ein hübsches Gesicht, ein gutes Herz und viel Charme.

„Dann besorgen Sie eben noch ein paar Flaschen“, sagte Meyer-Haferkamp und beschrieb Imke den Weg zu einem Feinkostladen in der Nähe. „Ich bezahle Sie nicht dafür, dass unsere Gäste hier verdursten!“ Er hielt ihr sein Glas hin. „Und seien Sie so nett und bringen mir noch eins. Aber ein volles!“

Imke setzte ein süßliches Lächeln auf und flötete: „Aber mit Vergnügen, Euer Hochwohlgeboren!“ In dem Moment, als Meyer-Haferkamp das Glas losließ, zog sie wie zufällig ihre Hand weg, sodass das Glas zu Boden fiel und zersprang.

Meyer-Haferkamp schaute Imke so zornig an, dass Claudine Angst hatte, er würde sich auf sie stürzen. „Komm, ich kaufe noch schnell etwas Sekt ein, wenn der Herr es wünscht“, sagte sie, hakte sich bei Imke unter und zog sie fort.

„Wer war denn der Kerl?“, fragte Imke erbost.

Claudine klärte sie auf.

„So ein Ekel“, sagte Imke.“ Hast du gesehen, wie hässlich sich seine Visage verzogen hat? Dem traue ich alles zu! Der schlägt auch Frauen, Kinder und Hundebabys.“

Inzwischen hatten sie Herrmann erreicht. Imke entdeckte im Vorratsschrank sogar noch eine weitere Kiste mit Getränken. Es würde also reichen.

Imke schaute auf die Uhr. „Und wann beginnt der große Zampano nun endlich mit seinem Feuerwerk?“

„Wie spät ist es denn?“

„Sechs vor zwölf.“

In diesem Augenblick öffneten sich die Schleusen des Himmels. Und Blut fiel auf die Erde herab.

Kapitel 2:
Immer noch Freitag

Noch im Laufen schaute Claudine immer wieder nach oben, wo über der Turmuhr die drei Wiedertäuferkörbe befestigt waren. In einem der Käfige hing eine menschliche Gestalt. Das Blut hatte nicht der liebe Gott herabregnen lassen, sondern es war aus dem Käfig geflossen, und der Wind hatte es in feinen Tröpfchen über die Menschenmenge verteilt.

Der Bettler neben dem Portal schaute Claudine genauso überrascht an wie die Gruppe Touristen, die soeben aus dem Kirchenschiff strömte. Als das Innere Sankt Lambertis sie empfing, wusste sie nicht, wohin sie sich wenden sollte.

Ein älterer Herr in Soutane trat ihr energisch entgegen. „Wohin wollen Sie, junge Frau?“ Wahrscheinlich hielt er sie für etwas verwirrt.

„Schnell! Wo geht es rauf zum Turm?“, stieß sie atemlos hervor.

„Da können Sie nicht einfach hinauf“, sagte er streng, wies aber unwillkürlich auf eine schmale Seitentür. „Und jetzt beruhigen Sie sich erst einmal!“

„Bitte rufen Sie einen Rettungswagen! Jemand steckt in einem der Käfige und verblutet!“

Der Geistliche schaute sie verblüfft an. Bevor er Worte fand, stieß ihn Claudine beiseite und rannte zu der Tür. Sie hoffte, dass die Tür unversperrt sein würde, und atmete auf, als beim Niederdrücken der Klinke die Tür aufging.

Sie stürmte weiter, die schmale Treppe hinauf, rechts und links von kalkweißen Wänden beengt. Der Aufstieg war steil, und sie unterstütze ihre brennenden Beinmuskeln, indem sie sich bei jeder Stufe an dem Handlauf emporzog, der an der Innenwand angebracht war. Anfangs zählte sie die Stufen mit, aber nach fünfzig oder sechzig gab sie auf.

Der Weg hinauf erschien ihr endlos. Doch nach exakt einhundertzweiundzwanzig Stufen war erst einmal Schluss. Sie befand sich in einem Zwischengeschoss mit an den Wänden angebrachten Schautafeln, Bildern und Grundrissen, die zum Durchschnaufen einluden. Aber dafür hatte sie keine Zeit, obwohl sie schon jetzt vernehmlich keuchte.

Plötzlich wurde ihr bewusst, dass niemand außer ihr selbst die Treppe erklommen hatte, um der Person im Käfig zu Hilfe zu kommen. Instinktiv, ohne weiter darüber nachzudenken, war sie losgerannt. Aber gut, einer musste es ja tun. Die anderen hatten sicher schon den Notarzt gerufen. Obwohl, bis der kam … Wenn es für den Arzt nicht sowieso zu spät war. Von oben war ziemlich viel Blut herabgeregnet.

Es war ihr nicht nur niemand gefolgt, sie traf hier oben auch niemanden an; sie war mutterseelenallein. Bei dem Gedanken beschlich sie ein eigenartiges Gefühl. Wie war das überhaupt möglich, dass jemand in den Käfig gelangt war? Freiwillig machte es sich bestimmt niemand da drin bequem.

Es musste ein Dritter im Spiel sein … ein Gewalttäter, vielleicht ein Mörder.

Und dieser Jemand hielt sich wahrscheinlich noch immer im Turm auf.

Vielleicht war es doch besser, wieder hinabzusteigen und auf Hilfe zu warten. Andererseits war das Opfer im Käfig dann vielleicht schon verblutet.

Nein, sie brachte jetzt zu Ende, was sie begonnen hatte!

Claudine öffnete eine der Türen. Dahinter führte eine weitere Wendeltreppe empor. Der Handlauf war verwirrenderweise jetzt rechts angebracht, und auch die Stufen gingen ab hier in eine andere Richtung als zuvor. Sie waren krumm und schief. Claudine musste ihre ganze Konzentration darauf verwenden, nicht zu stolpern. Das hatte immerhin den Vorteil, dass ihre Gedanken sich nicht weiter mit der Gefährlichkeit ihrer Aktion beschäftigten.

Plötzlich tauchte seitlich eine Tür auf. Daran hing ein Foto der drei Täuferkörbe.

Claudine hatte schon einen Drehwurm. Aber ihr wurde geradezu übel, als sie die Tür öffnete und die Aussichtsplattform erreichte.

Ein merkwürdiger Geruch drang ihr in die Nase. Er erinnerte sie an einen Besuch beim Arzt. Vor sich sah sie eine riesige Glocke aufragen, dahinter hingen die drei Wiedertäuferkörbe in der Luft. Drei Sanitäter oder Ärzte in weißen Overalls waren gerade dabei, über ein breites Brett hinweg zu den Körben zu gelangen. Claudine konnte nicht erkennen, ob das Opfer noch darin war.

Erst als einer der Helfer beiseitetrat, erhaschte sie einen Blick auf den Verletzten. Oder den Toten? Jedenfalls hatte er die Augen geschlossen. Siedend heiß wurde ihr bewusst, dass sie den Mann kannte.

Der da wie leblos in den Armen eines Sanitäters hing, war niemand anderer als Jean-Claude Feuerwasser!

Ihr wurde noch schlechter. Und sie war nicht schwindelfrei! Daran hatte sie überhaupt nicht gedacht, als sie hier hochgelaufen war. Jetzt erst wurde ihr bewusst, wie weit über dem Erdboden sie sich befand. Sie hatte freie Sicht weithin ins Land hinein. Grandios und berauschend für den, der sich für so etwas begeisterte. Doch für Claudine war es die Hölle. Sie meinte, der Boden unter ihren Füßen beginne zu schwanken. Sie spürte, dass ihr Körper sich versteifte. Ein Krampf befiel ihren Magen. Hilflos griff sie nach dem erstbesten Halt. Es war das Holzgerüst, das die Glocke umgab. Ein Stöhnen drang über ihre Lippen.

Alle drei Sanitäter wandten sich ihr zu. Sie hatten Claudine erst jetzt bemerkt.

Sie wollte ihnen sagen, dass sie sich nicht um sie kümmern brauchten. Gleich würde es ihr bestimmt besser gehen. Da fiel ihr wieder der medizinische Geruch auf. Er schlug ihr förmlich entgegen.

Und noch etwas kam ihr komisch vor: die Sanitäter trugen Schutzmasken, als wäre hier oben eine Epidemie ausgebrochen.

Dann sackten plötzlich die Beine unter ihr weg. Bevor sie aufschlug, fing jemand sie ab und ließ sie behutsam zu Boden gleiten.

Als Claudine die Augen wieder öffnete, waren die Sanitäter verschwunden. Sie hatten sie einfach hier liegen lassen!

Sie rappelte sich auf. Die Symptome ihrer Höhenangst hatte sie jetzt im Griff. Allerdings versuchte sie nach wie vor, nicht vom Turm hinabzusehen. Und auch nicht den Weitblick über die Dächer zu riskieren.

Sie schaute sich um. Die Käfige hingen dort, wo sie hingehörten. Niemand steckte mehr dort drin. Sich ihnen so weit zu nähern, dass sie erkennen konnte, ob der eine Käfig blutverschmiert war, wagte sie nicht, denn dann wäre ihr Blick zugleich in die Tiefe gefallen, und das hätte die Höhenangst wieder in ihr wachgerufen.

Die Sanitäter hatten sich wohl zuerst um den Verletzten kümmern müssen. Nachher würden sie wiederkommen und nach ihr sehen. Dabei war ihr ja gar nichts passiert! Ein Schwindelanfall, mehr nicht. Sie hatte das schon mal erlebt, als Kind auf einer Klassenfahrt. Damals waren sie den Eiffelturm hochgescheucht worden. Sie selbst vorneweg. Quietschfidel und abenteuerlustig. Und urplötzlich hatte sie nach unten geschaut! Zwei Schüler, die hinter ihr die Stufen hochstiegen, hatten sie aufgefangen …

Aus der Ferne erklang eine Sirene. Komisch. Es hörte sich eher an, als würde der Rettungswagen erst jetzt eintreffen, anstatt sich zu entfernen. Aber wahrscheinlich waren gleich mehrere konkurrierende Unternehmen darauf aus, als Erster am Unfallort zu sein.

Da hörte sie noch ein Geräusch. Ein weit entferntes Klopfen. Wo kam denn das auf einmal her? Das Geräusch schallte aus dem Turmaufgang. Sie lief dahin zurück und betrachtete skeptisch die weiteren Stufen.

Nein, jetzt war Schluss! Sie hatte bereits die Dummheit begangen, ohne Sinn und Verstand hier herauf zu stürmen. Zu weiteren Heldentaten hatte sie weder Lust noch Nerven.

Aber das Klopfen einfach ignorieren und wieder hinuntersteigen vermochte sie auch nicht.

Es wurde heftiger. Wenn sie es recht bedachte, waren das eher Klopf*zeichen.* Ganz so, als würde jemand versuchen, auf sich aufmerksam zu machen.

Claudine konnte nicht anders. Also atmete sie noch einmal tief durch und nahm die nächsten Stufen in Angriff. Es waren einundsechzig Steinstufen. Sie zählte mit. Und schließlich lag noch eine letzte steile Holztreppe vor ihr.

Die Treppe endete vor einer Tür. Das Klopfen war verstummt. Der Schlüssel steckte auf Claudines Seite im Schloss. Sie drehte ihn um und drückte die Tür auf.

Was sie sah, ließ sie erstarren.

Von der Decke hing kopfüber eine Frau. Ihr Kopf war unter einem blauen Sack verbogen. Sie zappelte wie ein Fisch an der Angel und gab verzweifelte Schreie von sich, die gedämpft unter dem Sack hervorklangen. Claudine verstand kein Wort.

Dann erkannte sie, dass es sich gar nicht um einen Sack handelte. Sondern um das Kleid, das die Frau trug und das von der Taille an umgeschlagen war, sodass es statt der Beine den Kopf verhüllte.

Claudine hatte manchmal die Gabe, innerhalb eines Augenblicks alles um sich herum wahrzunehmen und in der Erinnerung zu speichern, wie ein Foto, ob sie es nun wollte oder nicht. Auch jetzt gefror die Zeit zu solch einem Standbild.

Sie sah, dass die Frau an einem Haken an der Decke hing. Ein starkes Seil, mit dem man ihr die Knöchel zusammengebunden hatte, diente als Aufhänger. Die Frau hatte einen

Schuh verloren. Den zweiten, einen schwarzen Schnürschuh, trug sie noch immer.

Wie hatte sie in ihrer Lage überhaupt an die Tür klopfen können? Die Arme der Frau baumelten frei nach unten. Unter ihr lag eine zerschellte Flasche. Der Deckenhaken war nicht weit von der Tür angebracht. Wahrscheinlich hatte sie sich selbst in Schwung versetzt, die Flasche von dem seitlichen Ablagebord ergriffen, sich an der Klinke festgeklammert und mit der Flasche gegen die Tür gepocht. Bis sie zerbrach. Eine sportliche Leistung!

Claudines Blick glitt über die entblößten Beine der Frau. Am linken Oberschenkel prangte ein faustgroßes Feuermal. Im ersten Moment hatte Claudine es für eine Verletzung gehalten.

Abermals machte sich die Frau lautstark bemerkbar. Claudine sah sich nach einem geeigneten Schneidewerkzeug um. Auf einem Schreibtisch, der unter einem der Fenster stand, entdeckte sie eine Schere.

„Keine Sorge, ich befreie Sie!“, beruhigte sie das zappelnde Opfer. Dann versuchte sie, mit der Schere das Seil durchzuschneiden, ohne die Frau zu verletzen. Die Schere erwies sich als schwergängig und zu stumpf für diesen Zweck. Es war schweißtreibend und dauerte eine Weile, aber endlich hing das Seil nur noch an einigen wenigen Fasern, die dem Gewicht der Frau nicht mehr standhielten. Sie rissen. Claudine packte im letzten Moment zu und ließ das Opfer dann vorsichtig zu Boden gleiten. Danach half sie der Frau, den Kopf aus den Falten des Kleides zu befreien.

Zum Vorschein kam ein hochrotes Gesicht. Die Röte rührte nicht nur vom Blutstau her.

„Endlich!“, keuchte die Frau atemlos. „Ich habe geklopft wie eine Wahnsinnige, und niemand hat mich gehört. Ich dachte schon, ich werde wieder ohnmächtig. Sind Sie von der Polizei?“

„Sehe ich aus wie eine Polizistin?“, versetzte Claudine. Sie betrachtete ihr Gegenüber genauer: Hätte sie jemals jemand gefragt, wie sie sich Jeanne d’Arc vorstellte, so hätte sie ihm diese Frau beschrieben. Die pechschwarzen Haare waren wild zerzaust, die grünen Augen blitzten vor Wut. Ohne die feuerwehrrote Färbung und den grimmigen Ausdruck wäre das Gesicht sogar hübsch gewesen.

„Danke für die Hilfe …“ Doch sogleich sprühten wieder Funken aus den grünen Augen: „Wenn ich die Kerle erwische, die mir das angetan haben!“

„Was haben Sie Ihnen denn angetan?“, fragte Claudine vorsichtig. Sie hoffte, dass es nicht zum Äußersten gekommen war.

Ihr Gegenüber schüttelte heftig den Kopf. „Nein, nicht was Sie denken. Gottseidank nicht. Sie sind hier reingestürmt, haben mich gefesselt und mir einen Lappen aufs Gesicht gedrückt. Ich habe keine Ahnung, wie Chloroform riecht, aber etwas in der Art muss es gewesen sein. Als ich aufwachte, fand ich mich kopfüber aufgehängt.“ Sie musterte Claudine. „Und Sie, wie kommen Sie hierher?“

In knappen Sätzen berichtete Claudine, was passiert war. Dabei erinnerte sie sich, dass auch sie ohnmächtig geworden war. Hatte man auch sie auf die Weise außer Gefecht gesetzt? Als sie geendet hatte, sagte die Frau:

„Feuerwasser? Sie haben ihn gesehen?“

„Ja, wieso? Erstaunt Sie das?“

„Seinetwegen bin ich überhaupt hier oben. Eigentlich beginnt mein Dienst erst um einundzwanzig Uhr.“

„Sie – arbeiten hier?“

Die Frau reckte das Kinn, warf kokett die schwarzen Locken zurück und sagte stolz: „Jawohl, ich bin die Türmerin von St. Lamberti. Sie können mich Maggy nennen. Eigentlich Margarethe, aber dafür kann ich nichts.“

„Ich bin Claudine. Aber noch mal von vorn: Was hat Feuerwasser damit zu tun, dass man sie hier aufgehängt hat?“

„Ein Mann hat mich in Feuerwassers Namen angerufen und mir was vorgejammert. Von wegen, Feuerwasser sei verzweifelt, weil ihm für seine Performance noch eine starke Nummer fehle. Da sollte ich als Türmerin ins Horn blasen. Wir wollten das aber alles erst heute besprechen."

Nun erzählte Claudine, was sie mit Feuerwasser überhaupt zu tun hatte. „Dieselben Männer, die Sie überfallen haben, haben wahrscheinlich auch Feuerwasser in den Käfig gesperrt." Sie stutzte. „Wie lange haben Sie eigentlich schon geklopft?"

Die Türmerin zog die Stirn kraus. „Die ganze Zeit natürlich. Ich habe bis hier oben gehört, dass jemand bei der Rats- und Brandglocke war."

„Dann müssten die Sanitäter Sie doch ebenfalls gehört haben", wunderte sich Claudine. „Das ist seltsam. Jedenfalls gehe ich jetzt erst mal wieder nach unten, um zu erfahren, wie es Feuerwasser geht."

„Ich komme mit", verkündete die Türmerin.

„Sind Sie denn schon wieder fit?"

„Eine andere als ich wäre wahrscheinlich längst ohnmächtig geworden", sagte die Türmerin resolut. „Zum Glück hatte ich kaum etwas im Magen. Und ich habe kräftige Lungen, wie Sie sich vorstellen können. Schließlich muss ich bis Mitternacht jede halbe Stunde in das Horn tuten. Und zwar in drei Himmelsrichtungen."

Tatsächlich hatte das Gesicht der Frau schon wieder eine halbwegs normale Färbung angenommen. Sie atmete auch schon fast wieder normal. Claudine war froh, dass sie den Abstieg nicht allein bewältigen musste. Bereits auf den ersten Stufen wurde ihr wieder schwindlig. Die Türmerin nahm ihren Arm und stützte sie.

„Wenn Sie nicht schwindelfrei sind, wieso sind Sie überhaupt hier hoch gelaufen?"

Claudine konnte nur mit den Schultern zucken. Denn es war in letzter Zeit sehr häufig vorgekommen, dass ihr

Leben aufgrund ungeplanter Handlungen eine ungeahnte Wendung genommen hatte. Ohne diese spontanen Anwandlungen, denen sie unterworfen war, wäre alles sicherlich leichter.

Leichter, ja. Aber auch weniger spannend, wie sie fand.

Kapitel 3:
Freitag, 12:15 Uhr

Als Claudine den Platz vor der Kirche erreichte, nahm sie überrascht zur Kenntnis, dass weit und breit kein Rettungswagen zu sehen war. Außerdem hatten sich die Reihen der Geladenen und Neugierigen merklich gelichtet. Diejenigen, die noch ausgeharrt hatten, standen mehr oder weniger gelangweilt herum. Einer sah auf die Uhr, ein Pärchen verdrückte sich gerade und Feuerwassers Eventmanager, Meyer-Haferkamp, versuchte vergeblich einen aufgebrachten Besucher der Vernissage zu beruhigen.

„Damit hat Feuerwasser endgültig bewiesen, dass ihm die Ideen ausgegangen sind. Und die roten Flecken auf meiner Jacke zahlt er auch, das schwöre ich Ihnen! Und jetzt warte ich nicht länger darauf, dass der Herr Künstler sich bequemt, endlich zu erscheinen. Ich gehe!“

Wutentbrannt entfernte sich der Mann. Er trug grelle Kleidung und eine extravagante rotrandige Brille. Wahrscheinlich war er selbst in der Kunstszene tätig. Andere Besucher folgten nun seinem Beispiel. Auf dem Platz wurde es immer leerer, zumal gerade ein leichter Nieselregen eingesetzt hatte und ein böiger kalter Wind aufgekommen war.

Imke stand neben ihrem Herrmann und verteilte Cupcakes und Sandwiches an zwei Obdachlose.

„Verstehen Sie das?“, fragte Claudine die Türmerin. „Anscheinend hat kein Mensch mitbekommen, was hier läuft.“ Sie kam sich vor wie in einem surrealen Theaterstück.

„Nein“, sagte Maggy und zückte ihr Handy. „Aber ich rufe jetzt die Polizei.“

Im selben Moment erspähte Imke die beiden Frauen, die auf sie zukamen. „Da bist du ja endlich“, sagte sie vorwurfsvoll zu Claudine. „Hatten wir nicht verabredet, dass du mir zur Hand gehst? Hier war ganz schön was los! Stattdessen rennst du einfach in die Kirche und bist verschwunden." Imke schien wirklich sauer zu sein.

Maggys laute Stimme hinderte Claudine an einer Erwiderung. Die Türmerin sprach aus voller Lunge in ihr Handy. „... ja, genau, in meiner Turmstube. Die Typen sind reingestürmt und haben mich gefesselt ..."

Jetzt horchte Imke auf. „Ist was passiert?"

Claudine klärte sie auf. Imke wurde immer blasser. Dann sagte sie: „Oh Gott, ich verkaufe hier mein Zeug, während es für euch dort oben um Leben und Tod geht!"

„Bin ich denn die Einzige gewesen, die den Mann oben im Käfig gesehen hat?" Claudine konnte es noch immer nicht fassen.

„Zumindest bist du die Einzige gewesen, die den richtigen Schluss zog. Ich dachte, der Blutregen gehöre zur angekündigten Performance."

Maggy hatte das Telefonat beendet und den letzten Satz mitgehört. „Der Überfall auf mich gehörte ja auch nicht dazu. Die Polizei ist gleich hier."

Claudine sah sich um. „Sag mal, lebt Feuerwasser jetzt noch oder nicht?"

Imke zuckte die Schultern. „Woher soll ausgerechnet ich das wissen?"

„Hast du denn die Sanitäter nicht gesehen? Die müssen doch hier mit einem Rettungswagen angerückt sein!"

Plötzlich wurde ihr klar, dass auch sie einen Denkfehler begangen hatte.

„Moment! Als ich oben im Glockenstuhl ankam, waren die Sanitäter schon mitten dabei, Feuerwasser aus dem Käfig zu befreien. Also müssen sie bereits eingetroffen sein, bevor ich überhaupt dort raufgestiegen bin." Sie schaute die Türmerin an. „Es sei denn, es gibt noch einen zweiten Aufgang?"

Maggy schüttelte den Kopf. „Nein, es gibt nur den einen."

„Das verstehe ich nicht."

„Jedenfalls habe ich keine Sanitäter, die einen Verletzten dabeihatten, gesehen", sagte Imke.

„Sie könnten einen Nebenausgang benutzt haben. Aber Sinn ergibt das alles nicht."

Meyer-Haferkamp gesellte sich zu ihnen. Offensichtlich kannte er die Türmerin, denn er nickte ihr kurz zu. Sonst aber war von seiner Arroganz das Meiste verschwunden. Nervös fuhr er sich durch seine ohnehin schon zerzausten Haare und lamentierte: „Ich verstehe nicht, was in Jean-Claude gefahren ist! Warum fängt er nicht endlich an? Die meisten Zuschauer sind schon gegangen. Und die Presse kann ich auch nicht mehr lange besänftigen! Haben Sie noch ein Schnittchen?"

„Sie denken an Schnittchen, wir machen uns Sorgen um den Künstler", sagte Claudine vorwurfsvoll. „Hat er die Performance denn nicht mit Ihnen abgesprochen?"

„Natürlich! Jeden einzelnen Punkt, was denken Sie denn? Dieser eklige Blutregen gehörte jedenfalls nicht dazu. Wenn ich den erwische, der sich den Scherz erlaubt hat!" Er deutete auf sein beflecktes Sakko. „Dem schicke ich erst mal eine Rechnung!"

„Waren Sie es vielleicht, der mich angerufen hat?", fragte die Türmerin, erntete aber damit bei Meyer-Haferkamp nur ein Stirnrunzeln.

„Sie anrufen? Warum sollte ich?"

„Damit ich tute natürlich."

„Hier stinkt es, und zwar ganz gewaltig!", stellte Imke fest. „Vielleicht sollten wir alle Mann noch mal in der Kirche nach Feuerwasser schauen?"

„Haben Sie vielleicht ein paar Sanitäter aus der Kirche kommen sehen?", wandte sich Claudine an Meyer-Haferkamp.

Der jedoch war nun sichtlich überfordert.

„Ich fürchte nämlich, dass Herrn Feuerwasser etwas zugestoßen ist", ließ sie ihn wissen.

„Zugestoßen?“, wiederholte er fassungslos. „Wie kommen Sie denn darauf? Nein, nein, zwar gefällt die Sache auch mir nicht, aber es wäre nicht das erste Mal, dass Feuerwasser unpässlich ist. Nomen est omen, leider.“

„Sie meinen, er trinkt?“

„Flaschenweise. Der Wacholder ist seine Muse. Aber Sie haben recht, ich sollte mal nach ihm sehen, vielleicht ist Jean-Claude ja wenigstens noch in der Lage, der Presse ein Interview zu geben …“ Er entfernte sich in Richtung Kirche.

„So ein Schnösel“, sagte Imke. „Der hat ja überhaupt keinen Plan.“

„Aber er hat uns einen Hinweis gegeben, der vielleicht alles erklärt: Feuerwasser ist in sturzbetrunkenem Zustand in einen der Käfige geklettert und …“

„Da kann man nicht einfach reinklettern“, mischte sich die Türmerin ein. „Die sind verschlossen.“

„Gut, warten wir auf die Polizei. Allerdings glaube ich nicht, dass wir hier heute noch eine Vernissage zu sehen bekommen.“

Nach und nach verabschiedete sich ein weiterer Teil der Zuschauer. Wahrscheinlich waren die meisten der geladenen Gäste Feuerwassers alkoholische Eskapaden gewohnt.

Trotzdem, je länger Claudine darüber nachdachte, umso weniger schien das alles zusammenzupassen. Hinzu kam noch der Überfall auf die Türmerin. Sicherlich würde die Polizei sich darum kümmern. Aber was Feuerwasser betraf, fühlte in erster Linie sie sich verantwortlich. Schließlich war sie extra seinetwegen hierhergekommen. Aber schon jetzt wusste sie, was sie der Queen raten würde: Hände weg von weiteren Aktionen mit Feuerwasser! Wenn er wirklich trank, war er unberechenbar. Dann brauchte er eher Hilfe anderer Art.

Schließlich hielt es sie nicht mehr auf dem Vorplatz. „Ich sehe mich auch noch mal in der Kirche um. Keine Angst, Maggy, den Turm besteige ich nicht wieder.“

Die Türmerin nickte. „Ich warte hier unten auf die Polizei. Und passen Sie auf, dass Sie nicht den Kerlen in die Hände laufen, die mich dort oben aufgehängt haben!“

Claudine bedankte sich für die guten Wünsche und folgte dem Eventmanager. Als sie im Inneren der Kirche kühle Luft umfing, fühlte sie sich sofort an zuvor erinnert. Keine zehn Pferde würden sie noch einmal auf den Turm hinauf bekommen. Aber auch hier unten im Kirchenschiff fühlte sie sich zunehmend unwohl. Um diese Zeit waren nur wenige Besucher anwesend. Sie hielt Ausschau nach Meyer-Haferkamp, aber der befand sich wahrscheinlich in einem anderen Teil der Kirche. Auch Geistliche waren keine zu sehen. Wo war denn der ältere Herr in der Soutane, der sich ihr beim ersten Besuch in den Weg gestellt hatte? Wahrscheinlich saßen sie alle beim Mittagessen.

Ein Blick auf die Infotafel erklärte zumindest, warum die Kirche leer war: Die heilige Messe war um neun Uhr am Morgen gelesen worden, und das Freitagsgebet würde erst um sechzehn Uhr folgen.

Sie stand unschlüssig am Fleck und schaute sich um. Das imposant wirkende Innere der Kirche war mit einem Blick zu erfassen. Hinter einem der vielen Pfeiler mochte sich ebenso gut jemand verstecken wie hinter den Bankreihen. Das Licht, das durch die hohen Buntglasfenster fiel, war an diesem Tag nicht stark genug, um jeden Winkel zu erhellen. Es überwogen die Schatten.

Plötzlich glaubte sie den Mann in der Soutane zu erblicken. Er befand sich ganz am Ende in der Nähe des Altars. Wenn er die ganze Zeit hier unten gewesen war, hatte er ja vielleicht die Sanitäter bemerkt. Sie setzte sich in Bewegung, um ihn zu fragen. Noch während sie sich ihm näherte, verschwand er in einem Seitenschiff.

Claudine beschleunigte ihren Schritt, aber als sie die Stelle erreichte, war der Priester nicht mehr zu sehen. Seltsam, es schien fast so, als wäre er vor ihr geflüchtet.

Mit dem Betreten des Seitenschiffs wurde ihr die vorherrschende Stille noch stärker bewusst. Beinahe unheimlich war es hier.

Da hörte sie Schritte hinter sich. Sie fuhr herum und hätte fast aufgeschrien, als eine Gestalt aus den Schatten hervortrat.

Doch sogleich atmete sie auf.

„Ach, Sie sind es nur!"

Es war Meyer-Haferkamp.

„Nur?", sagte er unwirsch. „Wen haben Sie denn statt meiner erwartet?"

„Haben Sie den Geistlichen nicht gesehen, der eben das Seitenschiff betreten hat?"

„Einen Geistlichen?" Er überlegte kurz. „Nein, aber wäre das so ungewöhnlich? Oder ist das nur ihr schlechtes Gewissen, dass sie so zusammengezuckt sind?"

Es sollte wohl ein Scherz sein, aber Claudine war nicht zum Lachen zumute. „Ich habe genau gesehen, wie ein älterer Mann in einer Soutane hier hineingegangen ist. Wenn Sie die ganze Zeit hier waren, *müssen* Sie ihn gesehen haben!"

„Wer sagt Ihnen denn, dass ich hier herumstand? Ich habe nach Jean-Claude gesucht! Leider scheint er wie vom Erdboden verschluckt."

„Also haben die Sanitäter ihn mitgenommen."

„Ach, Schätzchen, Sie mit ihren Sanitätern! Ich wette mit Ihnen, Jean-Claude liegt unter irgendeiner Kirchenbank und schläft seinen Rausch aus. Ich kenne ihn schon etwas länger als Sie."

„Dann wünsche ich noch viel Spaß beim Suchen!", sagte sie brüsk. Wer sie mit „Schätzchen" anredete, hatte bei ihr verloren. Und zwar für alle Zeiten.

Sie drehte sich ab und ließ ihn stehen. Sie sah sich im Altarbereich um, erkundete die Seitenschiffe und inspizierte schließlich die verschiedenen Portale und Ausgänge.

Nirgendwo fand sich eine Spur von Feuerwasser. Sie hielt sogar nach Blutspuren Ausschau, aber dafür waren die Lichtverhältnisse zu schlecht. Außerdem war sie keine Expertin. Ein Fleck, der ihr auffiel, entpuppte sich als platt getretenes Kaugummi.

Frustriert ging sie wieder nach draußen. Also schön, das war's dann wohl gewesen. Sie würde zusammen mit Imke noch heute Mittag zurück nach Bielefeld fahren und der Queen raten, Feuerwasser den Laufpass zu geben. So wie es aussah, würde der ja irgendwann wieder auftauchen. Spätestens dann, wenn er seinen Rausch ausgeschlafen hatte.

Sie steuerte Herrmann an. Imke und die Türmerin standen vor dem quietschbunten Gefährt. Außerdem hatten sich zwei Herren in Uniform zu den beiden Frauen gesellt. Die Beamten schienen bester Laune. Einer hatte sogar eine Pappnase auf. Sein Kollege trug einen knallroten Lippenstiftabdruck auf der Wange. Waren die überhaupt nüchtern?

Im Gegensatz zu den beiden fidelen Beamten machten die beiden Frauen ein verdrießliches Gesicht. Einer der Polizisten wandte sich Claudine zu. „Oho, noch jemand, der Anzeige erstatten will? Was hat man Ihnen angetan? Vielleicht den Humor geraubt?"

„Ich will niemanden anzeigen. Aber ich habe eine Aussage zu machen." Die beiden Polizisten wurden ernst. „Kommen Sie etwa auch aus Ostwestfalen?" Wahrscheinlich hatten sie sich bereits mit Imke unterhalten. „Dann haben Sie wahrscheinlich noch nie was von Karneval gehört", sagte der eine. „Das kommt hierzulande nämlich gleich nach Weihnachten und Ostern. Also, was haben Sie auf dem Herzen?"

Wenigstens hörten die beiden geduldig zu, was Imke zu erzählen hatte. Sie machten sich sogar Notizen. Bei dem Namen Feuerwasser horchten sie allerdings auf: „Sprechen wir hier etwa von *dem* Feuerwasser? Jean-Claude Feuerwasser, diesem unsäglichen Pinselschwinger?"

„Diesen Provinz-Picasso?“, setzte der zweite Polizist hinzu.

Und zum zweiten Mal hörte Imke an diesem Tag den Satz: „Der macht seinem Namen jede Ehre. Man weiß gar nicht, ist es Genie oder Säuferwahnsinn.“

Dennoch erklärten sie am Ende großzügig, die Sache zu bearbeiten. Allerdings hörte sich das nicht sehr vertrauensvoll an. Eher nach etwas, was man ebenso gut nach den närrischen Tagen würde erledigen können.

„Tja, die schönen Damen“, sagte der Polizist mit dem Lippenstift auf der Wange zu Imke und Claudine, „wenn's das war, verabschieden wir uns fürs Erste.“

„Eigentlich war ja ich es, die Sie gerufen hatte“, meldete sich Maggy zu Wort. Dann erzählte sie, was ihr widerfahren war. Man sah den Polizisten an, dass damit der Fall Ausmaße annahm, die sie zu überfordern schienen. Jedenfalls an den Karnevalstagen.

Schließlich schlug einer der beiden vor: „Dann zeigen Sie uns doch mal Ihre Turmstube, Fräulein …“

„Mimigernaford, Margarethe.“

Damit war alles gesagt, und die beiden zogen mit der Türmerin von dannen.

Claudine und Imke sahen einander an. „Und das war jetzt alles?“ Claudine konnte es nicht fassen.

„Scheint so. Die lassen uns hier einfach stehen.“

Mittlerweile verlief sich nur noch ein kleines Grüppchen geladener Gäste auf dem Kirchvorplatz. Man erkannte sie an der extravaganten Kleidung. Die Presseleute dagegen waren allesamt geblieben und gruppierten sich nun um den Polizeiwagen, als witterten sie neue Beute. Einer schaute zu den beiden Frauen herüber, hob kurz den Fotoapparat und drückte ab. Claudine hatte keine Ahnung, ob er sie fotografiert hatte oder Herrmann.

„Und was machen wir jetzt?“, fragte Imke. „Es scheint so, als wären wir hier überflüssig.“

Den Eindruck hatte Claudine auch. Gleichzeitig hatte sie das Gefühl, im Meer zu schwimmen, ohne dass irgendwo Land in Sicht war. Irgendwas war doch faul hier. Und bis auf die Türmerin schienen sie hier alle am Rad zu drehen. Vielleicht, weil Karneval war.

Zumindest bequemte sich niemand, ihre Aussage ernst zu nehmen.

Sie kam sich vor wie in einer Albtraumsituation, wenn man genau weiß, dass man die Wahrheit sagt, aber von allen für verrückt gehalten wird.

„Wir fahren zurück nach Hause", entschied Claudine.

Und mit „nach Hause" meinte sie Bielefeld.

Kapitel 4:
Freitag, 20:15 Uhr

Die Tagesschau war zu Ende. Imke zappte durch die Kanäle. Auf den meisten waren Karnevalssendungen zu sehen.

„Wie wär's, wenn wir noch eine Runde durchs Viertel drehen?", schlug sie vor.

Während Claudine noch überlegte, gab Lotte ein zustimmendes Bellen von sich. Lotte war Imkes Schäferhündin. Eine schon betagte Dame mit einer Vorliebe für Kuchenkrümel.

Die Fahrt zurück nach Bielefeld hatte sich endlos hingezogen. Wochenendverkehr. Außerdem war mit Herrmann an Überholmanöver nicht zu denken gewesen. Also waren sie gefühlte zwei Stunden lang auf der B64 zwischen Telgte und Rheda hinter einem Schwertransporter hergezuckelt.

Danach war die Luft irgendwie raus. Claudine war froh, dass Imke sie bei sich aufgenommen hatte und sie daher nicht in einem Hotel übernachten musste.

Imke wohnte mittlerweile direkt über dem *Sugar Love*. Das war keine Drogenhölle und auch kein Barbetrieb, sondern ein Café, in dem es die leckersten Cupcakes von ganz Bielefeld gab. Claudine hatte es ein ganzes Jahr lang betrieben – mit viel Liebe, wie es der Name schon sagte. Dann hatte es sie in die Welt hinausgezogen, aber nicht, bevor sie das *Sugar Love* in beste Hände abgegeben hatte. Eine bessere Nachfolgerin als Imke konnte sich Claudine nicht vorstellen. Sie führte das *Sugar Love* mit Verstand und Herz.

Für heute hatten sie das Café allerdings geschlossen.

„Zieh alleine los, ich habe keine Lust mehr, nach draußen zu gehen", sagte Claudine. Aber dagegen hatte Lotte etwas einzuwenden. Wenn schon, dann musste das ganze Rudel beisammenbleiben. Also zog sich auch Claudine etwas über, und sie drehten eine Runde auf dem Siegfriedplatz.

In einer Seitenstraße fiel Claudine ein Plakat auf. Es kündigte eine Band an, deren Name sie augenblicklich alarmierte:

THE WIEDERTÄUFER
Gothic Rock aus Münster

Imke folgte Claudines Blick. „Na, wir hatten ja wohl heute unsere eigene Gothic-Rock-Party“, sagte sie.

Viel mehr fiel auch Claudine dazu nicht ein. Außer: „Ich finde es ziemlich geschmacklos, sich ausgerechnet in Münster nach diesen Fanatikern zu benennen. Abgesehen davon, dass die Wiedertäufer ihrerseits ein ziemlich grausiges Ende gefunden haben.“

Auf der Rückfahrt nach Bielefeld hatte sie gegoogelt und eine ziemlich drastische Schilderung der damaligen Ereignisse gelesen: Nachdem die Täufer in Münster das blutrünstige Täuferreich ausgerufen hatten, beendete bald darauf ein Blutbad ihr Terrorregime. Die letzten drei Täufer waren 1536 vor aller Augen zu Tode gefoltert worden. Direkt dort, wo sie selbst und Imke erst heute Cupcakes verteilt hatten. Mit glühenden Zangen hatte man den Wiedertäufern die Zungen herausgerissen und die Körper zerfetzt. Schließlich wurden die Leichen in den Käfigen am Turm der Lambertikirche zur Schau gestellt.

„Woran denkst du?“ Imkes Frage riss Claudine aus ihren Grübeleien.

„Dass Feuerwasser sich einen ganz schön makabren Ort für seine Vernissage ausgesucht hat.“

„Na, ich weiß nicht, ob heute noch viele Münsteraner das so empfinden. Der Prinzipalmarkt ist doch deren gute Stube. Und sogar der Weihnachtsmarkt findet im Schatten der Lambertikirche statt. Ich glaube, da bist du zu sensibel …“

Da schlug Lotte plötzlich an. Das heißt, sie gab ein heiseres Wuffen von sich. Die beiden Frauen schauten sich um, sahen aber nur einen hageren, glatzköpfigen Jüngling, der auf der anderen Straßenseite der Innenstadt zustrebte. Als er bemerkte, dass die beiden Frauen zu ihm herübersahen, schaute er rasch weg und beschleunigte seine Schritte.

„Komischer Typ“, meinte Imke.

Und auch Claudine, die sonst keine Vorurteile hatte, kam der Mann irgendwie merkwürdig vor. Er trug einen fast bodenlangen schwarzen Ledermantel, der die Blässe seines Gesichtes erst recht betonte. Die Absätze seiner mit Stahlkappen versehenen Schuhe klackten laut auf dem Pflaster wider.

„Der erinnert mich an Dracula“, stimmte Claudine ihr zu. „Sag mal, war der nicht heute Morgen auf der missglückten Vernissage?“

„Diese Nazis sehen doch alle gleich aus“, sagte Imke.

„Das ist kein Nazi. Eher ein Gothic-Freak. Der Typ will bestimmt auf das Konzert.“

„Von den ‚Wiedertäufern‘?“

„Na, wie auch immer, mich zieht’s jetzt zurück zu dir nach Hause.“

„Und ich spendiere uns noch einen Sekt“, sagte Imke und hakte sich bei Claudine ein.

Sie drehten noch eine kurze Runde und traten dann den Heimweg an. Da ertönten hinter ihnen Schritte. Zunächst dachten sie sich nichts dabei. Die Gegend um den Siegfriedplatz war auch abends noch belebt. Allerdings nicht an dieser Stelle. Zudem lag die schmale Nebengasse hier im Dunkeln, da eine der Laternen den Geist aufgegeben hatte.

Erst als Lotte wieder zu kläffen anfing, drehten sich die beiden um. Drei dunkle Gestalten näherten sich ihnen. Ihre Gesichter lagen tief in den Schatten ihrer Kapuzen verborgen.

Claudine und Imke traten zur Seite, um die Männer vorbeizulassen. Aber die dachten gar nicht daran, weiterzugehen. Sie blieben vor den Frauen stehen.

„Gibt’s irgendwas?“, fragte Imke.

Die Männer sagten nichts. Ihr Schweigen wirkte bedrohlich. Claudine spürte, wie ihr Herz schneller schlug. Zum

Glück hatten sie Lotte an ihrer Seite. Die bellte sich nach wie vor die Kehle heiser.

„Pisstöle!", zischte einer der drei Männer, der Kleinste von ihnen. Er zog etwas aus der Tasche seines langen Ledermantels. Im letzten Moment erkannte Claudine, dass es sich um eine Sprühdose handelte. Wahrscheinlich war sie mit Reizgas gefüllt.

Claudine reagierte augenblicklich. Sie packte den Arm des Mannes, krallte sich fest und drückte ihn mit aller Kraft nach unten. Der Mann schrie vor Überraschung auf. Die Dose fiel auf den Boden und rollte davon. Zugleich holte der Kerl mit der freien Hand aus und schlug ihr ins Gesicht.

Claudine schrie auf und ließ den Arm des Mannes los. Einen Moment lang sah sie Sterne.

„Na warte!", hörte sie Imke schreien. Und dann: „Lotte, fass!"

Das ließ sich der ehemalige Polizeihund nicht zweimal sagen. Lottes aktive Laufbahn lag zwar schon ein paar Jährchen zurück, aber manche Dinge, die man einmal gelernt hat, vergisst man nie. Das gilt auch für Hunde.

Als die Sterne um Claudine verblassten, sah sie, dass Lotte die Zähne ins Leder eines der Mäntel geschlagen hatte und wild daran riss. Ein Angreifer trat mit dem Schuh nach dem Tier. Lotte knurrte, als die Stahlkappe sie schmerzhaft in die Seite traf, aber sie ließ nicht locker.

Jetzt kam Imke ins Spiel. Wer Lotte etwas antat, hatte damit sein Todesurteil unterzeichnet. Wie ein Stier rammte sie den gesenkten Kopf in den Bauch des Treters. Der heulte auf und ging in die Knie. Aber die Hölle stand ihm erst noch bevor. Als er sich wieder aufrichten wollte, rammte Imke ihm das Knie in sein bestes Stück.

Auch Claudine war wieder bereit, mitzumischen. Ihr eigener Gegner wollte erneut zuschlagen, aber diesmal fing sie den Hieb ab. Es gelang ihr, sich aus seinem Griff zu winden und sich zu bücken. Sie fasste nach der Dose, die er fallen gelassen hatte. Er versuchte, ihr die Dose aus der Hand zu schlagen, doch sie drückte auf den Sprühknopf. Das war kein Reizgas! Und wenn doch, dann war es farbig. Denn das Gesicht ihres Gegners war pechschwarz.

Sie dachte nicht lange darüber nach. Aus dem Augenwinkel bekam sie mit, dass der dritte Mann bereits sein Heil in der Flucht suchte. Der zweite Angreifer kauerte auf dem Asphalt und hielt sich schützend die Arme über den Kopf. Schlag um Schlag prasselte auf ihn nieder. Wenn Imke wütend war, dann richtig. Und nach wie vor zerrte Lotte an seinem Mantel. Der Mann war fertig! Ihr eigener Gegner auch. Er tanzte wie ein Indianer im Kreis und heulte. Aber es war kein Kriegsgeheul. Sondern das Eingeständnis der Niederlage.

Claudine näherte sich Imke und zupfte sie am Ärmel. „Komm, die haben genug!"

Imke sah sie an, als erwache sie aus einem Rausch. Dann begriff sie. „Alles klar. Diese Schlappschwänze können es ja noch nicht mal mit zwei Frauen und einer betagten Hundelady aufnehmen. Schämen solltet ihr euch! Lotte, aus!"

Die Schäferhündin ließ von ihrem Gegner ab, aber noch immer stieß sie ein bedrohliches Knurren aus. Offensichtlich schmeckte ihr der Ledermantel gut, denn sie behielt ein Stück davon im Maul.

„Komm, wir gehen nach Hause!", sagte Claudine und zog ihre Freundin mit sich.

Als sie sich noch einmal umdrehten, war von den Angreifern nichts mehr zu sehen.

„Ich frage mich, was die von uns gewollt haben."

Das fragte sich auch Claudine. Eine Antwort darauf fand sie nicht. Zumindest hatten die drei nicht nach Alkohol gerochen. Und professionelle Schläger waren das auch nicht gewesen. Noch nicht mal welche, die es halbwegs draufhatten.

„Vielleicht sollten wir Anzeige erstatten", schlug Claudine vor. Allerdings hatte sie selbst Zweifel, ob das etwas nutzen würde.

„Ich weiß nicht. Erkannt habe ich keinen so richtig, du etwa?“

„Nein. Aber ich wette, das waren auch Gothics.“

„Klar, so wie die gekleidet waren. Vielleicht gehen die sogar auf das Konzert dieser ‚Wiedertäufer‘. Aber willst du sämtliche Konzertbesucher verhaften lassen?“

„Hast recht. Wir lassen es auf sich beruhen. Die Abreibung werden die drei Typen jedenfalls so schnell nicht vergessen.“

Als sie schließlich vor dem Café standen, hatten sie noch immer keine Antwort gefunden, warum die drei Männer es auf sie abgesehen hatten. Trotzdem, der Überfall lag ihnen im Magen, und der Abend schien gelaufen, so oder so.

Imke allerdings hielt trotzig dagegen: „Weißt du was? Jetzt haben wir uns den Schampus erst recht verdient. Ich glaube, Herrmann beherbergt noch eine Flasche von heute Morgen.“

„Ich dachte, das Gesöff wäre zur Neige gegangen?“

„Iwo, eine Flasche habe ich immer in Reserve. Warte einen Moment.“ Herrmann parkte nur ein paar Meter weiter. Plötzlich hörte Claudine einen gellenden Schrei, dann ein wütendes „Diese Schweinebande!“

Sofort eilte sie ihrer Freundin hinterher.

Imke stand vor ihrem Lieblingsmobil und hatte Tränen in den Augen. „Guck dir die Sauerei an!“

Der Citroën war über und über mit schwarzer Sprühfarbe beschmiert. Auf der Windschutzscheibe prangten die Buchstaben: B I T CH. Aber das war nicht alles. Auf jeder der beiden Seitentüren stand B U R N.

„Burn, Bitch, Burn!“, entfuhr es Claudine.

Jetzt wurde es auch ihr zu viel. Sie griff zum Handy und wählte die 110.

Kapitel 5:
Samstag, der vierzehnte

Blut!

Vom Himmel regnete es Blut!

Claudine fuhr im Bett hoch und wischte sich über die feuchte Stirn. Dann erkannte sie, dass sie nur geträumt hatte. Aber im Traum war alles noch furchterregender als in Wirklichkeit gewesen. Aus dem Himmel war so viel Blut gestürzt, dass der Platz vor der Lambertikirche innerhalb von Sekunden rot überschwemmt gewesen war.

Langsam fand sie in die Wirklichkeit zurück. Die Bettwäsche war mit lauter kleinen Krönchen und dem Spruch „Und wer küsst mich?“ versehen. Also lag sie in Imkes Gästebett. Imkes ganze Wohnung war mit derartigen Sprüchen versehen. Auf einem rosafarbenen Schild über der Tür stand „Wanna lazy Sunday with me?“

Claudine wusste, dass sich unter Imkes harter Schale ein butterweicher Kern befand. Oder um die Freundin mit einem perfekten Schokoküchlein zu vergleichen: Außen kross, innen zarter Schmelz.

Bei dem Gedanken bekam Claudine Hunger. Ein Blick auf den Wecker verriet ihr nicht nur, dass der darauf abgebildete Frosch ein wahrer Philosoph war („Start each Day with a Kiss!“), sondern dass die Zeiger bereits auf halb zehn vorgerückt waren.

Ihr erster Gedanke war, dass sie verschlafen hatte, und sofort meldete sich ihr schlechtes Gewissen. Dann fiel ihr ein: heute war Samstag! Sie hatte nichts vor, keine Pflichten harrten ihrer, keine Aufgaben. Vielleicht würde sie einfach noch ein paar Tage in Bielefeld bleiben, bevor der Alltag sie wieder rief.

Sie dachte an den vergangenen Abend zurück. Wenigstens die Bielefelder Polizisten hatten sie ernst genommen. Sie hatten sich den Schaden an Imkes Lieferwagen angesehen, alles zu Protokoll genommen und versprochen, sich um die Aufklärung zu kümmern.

Claudine zog sich rasch etwas über, als die Glocken des Londoner Big Ben ihr geradezu eine Gänsehaut über den Rücken rieseln ließen. Diesen Handyklingelton hatte sie für eine einzige Person reserviert: die Queen.

Und siedend heiß fiel ihr ein, dass sie der Queen noch nicht Bericht darüber erstattet hatte, was am Tag zuvor geschehen war.

Sie nahm den Anruf entgegen und meldete sich betont munter: „Einen wunderschönen guten Morgen, liebe Tante!"

„Der wird dir gleich vergehen!", blaffte die Tante. „Ist dir eigentlich klar, dass dieser widerliche Reporter eine Serie daraus machen wird?"

„Eine Serie? Welcher Reporter?" Claudine verstand kein Wort.

„Als ich heute Morgen ins Internet schaute, flackerte mir gleich die Schlagzeile dieser selbst ernannten Volks-Zeitung mit den vier Buchstaben ins Auge: *RÄTSEL UM FEUERWASSER: Münsters berühmtester Künstler von Außerirdischen entführt?*"

„Hä?" Mehr fiel Claudine nicht dazu ein. Vielleicht sollte sie sich doch einfach wieder hinlegen und weiterschlafen. Danach würde sich auch der Anruf als bizarrer Traum erweisen.

Doch die Queen blieb eisern: „Hör mir weiter zu! Ich zitiere: ‚Ganz schön dumm aus der Wäsche schauten die ca. 100 geladenen Gäste, die zur Vernissage des exzentrischen Provokateurs Jean-Claude Feuerwasser (59) geladen waren. Der weltweit bekannte Künstler, der sich in jüngeren Jahren selbstherrlich als ‚Gottes Stiefsohn' bezeichnet hat, versetzte seine Fans und ließ sich nicht blicken. Dafür ließ er Blut vom Himmel regnen. Als Zeichen der bevorstehenden Apokalypse? Oder was wollte der Künstler damit seinen Jüngern sagen? Jedenfalls blieb er bis zuletzt verschwunden. Am Rande des Events, das im Schatten der Lambertikirche stattfand, wurde übrigens ein Wagen aus Bielefeld gesichtet. Bielefeld? Genau, die Stadt, die es nicht gibt und die angeblich Außerirdischen als Stützpunkt dient. Vielleicht ist ‚Gottes Stiefsohn' ja nun dort, wohin es ihn schon immer hinzog: im Himmel."

Claudine brauchte ein paar Sekunden, um das Ganze zu verarbeiten. Warum regte sich die Queen so auf? Ein Wagen aus Bielefeld? Na und? Es war doch kein Geheimnis, dass sie vor Ort gewesen war. Aber bevor sie sich verteidigen konnte, fuhr ihre Tante bereits fort: „Schau mal in deine Mailbox, ich habe dir was geschickt. Bis später." Und damit brach sie die Verbindung ab.

Nachdem Claudine sich durch einige Menüs getippt hatte, öffnete sie den Link, den die Queen gesendet hatte. Es handelte sich um ein Foto. Darauf waren Imke und sie selbst zu erkennen, wie sie vor Herrmann standen. Auch das Bielefelder Nummernschild war zu erkennen. Und die beiden Polizisten: Der eine mit der Pappnase, der andere mit Luftschlangenstola. Die Bildunterschrift lautete: „Claudine M. (links): Die zukünftige Erbin des Küchenimperiums – was hat sie mit dem rätselhaften Verschwinden zu tun?"

Claudine ließ das Smartphone sinken. Allmählich verstand sie die Erregung ihrer Tante. Spekulative Schlagzeilen waren nie gut fürs Geschäft. Und hier wurde süffisant angedeutet, dass sie mit Feuerwasser unter einer Decke stecke. Oder mit denen, die für sein Verschwinden verantwortlich waren.

Da klingelte wieder das Handy. „Hast du dir das angeguckt?", bellte die Queen.

„Ja, aber …"

„Nichts aber! Du hättest mir sofort Bescheid geben müssen über das, was da los ist. Noch ist es nur eine Internetmeldung, aber morgen steht es gedruckt in der Zeitung. Ich habe bereits unsere Anwälte auf den Fall angesetzt."

„Dann ist ja alles gut."

„Nichts ist gut", widersprach die Queen. „Du hättest die Sache gleich vor Ort regeln müssen. Die Polizei ist dazu offensichtlich nicht in der Lage. Wo steckt dieser Feuerwasser überhaupt? Kümmere dich darum, dass er unseren guten Namen nicht weiter benutzt. Und unsere schönen Küchen auch nicht."

„Letzteres werden wir ihm wohl kaum verbieten können. Immerhin haben wir einen Vertrag mit ihm geschlossen."

Ein paar Minuten herrschte Stille, dann fuhr die Queen versöhnlich klingend fort: „Du bist einfach zu gut für die Welt, mein Kind. Und deshalb habe ich einen erfahrenen Mann um Hilfe gebeten. Er wird dir zur Seite stehen. Gemeinsam werdet ihr das Kind schon schaukeln. Wäre ja nicht das erste Mal."

„Tante Claire, das ist nicht dein Ernst! Du sprichst von …"

„Diesem wunderbaren Menschen, Clemens, ja. Wo ihr einander doch so gut ergänzt …"

„Ja, so gut, dass wir uns pausenlos streiten, wenn wir mal endlich Zeit füreinander haben." Unwillkürlich musste sie an das letzte Zerwürfnis denken.

Clemens hatte ihr gestanden, dass er für eine Challenge trainiere. Eine Wette unter Restaurantkritikern. Eine Woche Grönland unter härtesten Bedingungen. Wer schlappmachte, musste spenden. Es ging darum, so hatte er ihr erklärt, das Problembewusstsein für den Hunger auf der Welt in der Öffentlichkeit zu stärken.

Claudine hatte ihn entgeistert angestarrt, als er es ihr beichtete. „Das heißt, du hast die ganze Zeit für diese Challenge trainiert? Und es bedeutet, dass du bald wieder weg bist?"

Clemens hatte gegrinst. „Aber erst in einem Monat. Und erst, nachdem ich mich unter deiner Decke ausreichend gewärmt habe. Wie wär's, wenn wir uns jetzt diskret zurückziehen und …"

Was er hatte sagen wollen, würde sie nie erfahren. Denn damals war die Queen telefonisch dazwischengetreten und hatte sie beide in Beschlag genommen. Claudine hatte die Zeit genutzt und sich eine ganz spezielle Überraschung ausgedacht. Sie würde Clemens auf seiner Mission begleiten.

Doch der war davon alles andere als begeistert. Das sei reine Männersache. Außerdem sei sie keine Restaurantkritikerin. Sie könne ja noch nicht einmal gut kochen, nur backen. Das hatte gereicht. Seitdem hatte sie zwar niemanden, der sie wärmte, aber mittlerweile war der kalte Winter eh Schnee von gestern. Und wer fragte schon nach ihrer Seele. Bei dem Gedanken seufzte sie auf.

„Bist du eingeschlafen oder was?“, fragte die Queen misstrauisch nach.

„Nein, du kannst beauftragen, wen du willst. Mich kannst du nicht zwingen, mit diesem aufgeblasenen Schnösel und Möchtegern-Detektiv zusammenzuarbeiten. Basta!“ Sie unterdrückte die Verbindung und ging auch nicht wieder dran, als erneut die Glocken von Big Ben zu läuten anfingen.

Sie platzte beinahe vor Wut. Sie verzieh ihrer Tante vieles, aber nicht, dass sie sich jetzt auch noch in ihr Privatleben einmischte. Die ganze künstliche Aufregung diente wahrscheinlich nur dem Zweck, sie wieder mit Clemens zu verkuppeln.

Aber ohne sie!

Wutentbrannt marschierte sie aus dem Zimmer und folgte dem Duft nach Kaffee und Toast. In der Küche erwartete Imke sie bereits. „Was ist dir denn über die Leber gelaufen?“, entfuhr es der Freundin.

Claudine erzählte von dem Anruf. „Ist das nicht mies? Ich weiß nicht, wie er es geschafft hat, aber er muss sich irgendwie Tante Claires Vertrauen erschlichen und sie beeindruckt haben.“

„Also ich fand ihn eigentlich auch ganz nett.“

„Was? Du fällst mir in den Rücken?“

„Mach mal halblang! So ein Ungeheuer ist Clemens nicht, dass du dich so aufregen musst."

„Ich kann mich erinnern, dass du ihn am Anfang für einen Ganoven gehalten hast."

„Er hat halt viele Facetten. Außerdem finde ich, dass ihr einander ganz gut ergänzt. Dein Temperament ..."

„Und sein Phlegma, meinst du?"

„Deine Backkunst ..."

„Und seine Fressgier?"

„Ist er eigentlich schon wieder aus Grönland zurück?"

Das war der wundeste Punkt, den Imke berühren konnte. „Keine Ahnung." Claudine beschloss, ab sofort auf stur zu schalten. Und sich einzig und allein aufs Frühstück zu konzentrieren. Nach dem ersten Marmeladentoast hatte sie schon wieder bessere Laune.

„Hör zu, ich werde der Queen beweisen, dass ich Clemens nicht brauche, um Feuerwasser ausfindig zu machen. Und du wirst mir helfen!"

Imke verschluckte sich fast. „Ich? Und was ist mit dem Café?"

„Wenn wir der Queen beweisen, dass Clemens so unnötig wie Luft ist, wird sie dir schon eine Ausfallentschädigung zahlen."

Imke winkte ab. Fast beleidigt sagte sie: „Du weißt genau, dass es mir nicht ums Geld geht. Aber ich denke an die Typen gestern Abend. Die haben zwar nichts mit Feuerwasser zu tun, aber was ist, wenn mehr hinter seinem Verschwinden steckt, als wir derzeit annehmen? Gestern haben wir uns gut geschlagen, aber gegen echte Gangster sehen wir blass aus. Was ist, wenn Feuerwasser entführt wurde? Glaubst du, solche Burschen lassen sich von uns beeindrucken? Und außerdem: was heißt hier ‚unnötig wie Luft'? Luft ist lebensnotwendig. Wir würden sonst ersticken."

Claudine bedachte ihre Freundin mit einem skeptischen Blick: „Das heißt, du willst ihn ins Boot holen?"

„Na ja, er könnte uns Arbeit abnehmen und zumindest das Rudern für uns erledigen“, sagte Imke mit einem Grinsen. Dann wurde sie wieder ernst. „Aber in erster Linie sollten wir das alles der Polizei überlassen.“

„Zunächst müssen wir wissen, ob überhaupt ein Verbrechen vorliegt“, widersprach Claudine.

Innerhalb der nächsten Stunde klapperte sie telefonisch die Münsteraner Krankenhäuser und Kliniken ab. Sie gab sich als besorgte Verwandte des Künstlers aus.

„Fehlanzeige“, sagte sie schließlich und erstattete Imke Bericht. Die hatte die Zeit genutzt, um mit Lotte Gassi zu gehen. „Feuerwasser ist nirgendwo eingeliefert worden.“

„Vielleicht war er ja gar nicht so schwer verletzt und wurde nur ambulant behandelt.“

Claudine schüttelte den Kopf. „Danach habe ich auch gefragt. Auch beim Roten Kreuz, den Johannitern und anderen ambulanten Aufnahmestellen. Feuerwasser ist natürlich allen bekannt, aber niemand will ihn gesehen haben. Außerdem muss er dermaßen viel Blut verloren haben, dass ich mich eher wundern würde, wenn er noch lebte.“

Imke nahm ihr gegenüber am Tisch Platz und überlegte laut: „Also schön, gehen wir mal weiter im Ausschlussverfahren vor. Er wurde in kein Krankenhaus eingeliefert und in keiner Notaufnahme behandelt. Falls er noch lebt – bei wem würde er sich melden? Wo wohnt er überhaupt? Ist er überhaupt verheiratet?“

„Verheiratet? Ich glaube nicht. Aber vielleicht hat er ja noch eine andere Muse als den Alkohol.“ Claudine wurde klar, dass sie viel zu wenig über den Künstler wusste. Mithilfe des Smartphones versuchte sie, Feuerwassers Adresse und Telefonnummer zu googeln. Beides vergeblich. Auf seiner Website wurde Meyer-Haferkamp als Kontaktperson genannt. Claudine wählte die Telefonnummer. Als nur der Anrufbeantworter ansprang, beendete sie die Verbindung.

„Dann fällt mir nur noch eines ein", sagte Imke. „Du rufst bei der Polizei in Münster an."

„Ungern." Claudine war fast versucht, das Ganze abzublasen und es dem ach so tollen Clemens zu überlassen, Feuerwasser ausfindig zu machen. Aber noch steckte genügend Ehrgeiz in ihr, um ein letztes Mal an diesem Morgen zum Telefon zu greifen.

Als sie das Gespräch beendet hatte, bereute Claudine, an diesem verflixten Morgen überhaupt aufgestanden zu sein.

Kapitel 6:
Samstag, 12:30 Uhr

Kommissar Kehrer zeigte mit keiner Miene, ob er überhaupt zugehört hatte. Am Anfang hatte Claudine ihn eigentlich sympathisch gefunden: Der hochgewachsene, schlanke Endfünfziger mit dem markanten Kurzhaarschnitt und dem Dreitagebart gefiel ihr auf den ersten Blick. Außerdem hatte er Stil: Das erkannte sie nicht nur an der zwar lässigen, aber geschmackvollen Kleidung, sondern auch an der Art, wie er sie begrüßte. Zwar mit einer gewissen Distanz, aber formvollendet. Leider wuchs die Distanz, und er wurde immer kühler, je länger sie einander in seinem Büro gegenübersaßen.

Die einzige Marotte, die sich Kommissar Kehrer erlaubte, bestand darin, die ganze Zeit mit einem Kugelschreiber herumzuspielen. Sonst aber hätte ihr auch ein Roboter gegenübersitzen können.

„Heute Morgen ist Ihnen also plötzlich eingefallen, den Vorfall der Polizei zu melden."

Claudine verdrehte die Augen. „Ich habe Ihnen doch gesagt, dass wir bereits gestern alles den beiden Polizisten erzählt haben."

Er schaute kurz auf seinen Notizzettel. „Der Bericht der Kollegen liegt vor. Sie wurden von der Türmerin herbeigerufen, da diese angeblich überfallen worden war."

„Angeblich? Ich habe sie doch eigenhändig befreit!"

„Und warum standen Sie dann nachher nicht als Zeugin zur Verfügung?" Sein schlanker Zeigefinger deutete anklagend auf Claudine. „Am liebsten hätte ich Sie und Ihre Freundin zur Fahndung ausgeschrieben!"

Das hatte er ihr bereits am Telefon verkündet und Claudine und Imke geraten, sich schleunigst aufs Präsidium nach Münster zu begeben. Zunächst war Imke verhört worden. Wie ein Häufchen Elend war sie nachher an Claudine vorbeigeschlichen. „Das ist vielleicht ein Kotzbrocken!“, hatte sie ihr zugeflüstert. Mittlerweile teilte auch Claudine diese Ansicht.

„Um es kurz zu machen“, fuhr Kehrer selbstgefällig fort. „Die Türmerin hat ihre Anzeige zurückgezogen. Sie haben also Glück gehabt. Sie können wieder zurück in ihr Bielefeld fahren. Zumindest Ihre Freundin. Mit Ihnen, Frau Mercier, müssen wir uns leider noch weiter befassen. Auf Ihrem Verhörbogen ist etwas mit Ihrer Adresse faul.“

„Was soll daran faul sein?“ Als postalische Adresse hatte sie die Firmenadresse in Türkismühle angegeben. Schließlich hatte sie anfangs ihren Aufenthalt in Paris nur vorübergehend geplant. Erst seit einigen Tagen hatte sie ihre Zelte dort endgültig abgebrochen. Und wohin es sie letztlich trieb, hatte sie noch nicht entschieden: In Bielefeld hatte sie eines der schönsten Jahre ihres Lebens verbracht und einen treuen Freundinnenkreis um sich geschart. Ans Saarland banden sie ihre Kindheits- und Jugenderinnerungen, die Familie – und nicht zuletzt die Firma, von der sie sich eine schon viel zu lange Auszeit genommen hatte. Irgendwann würde sie sich der Aufgabe, die sie als ihre Pflicht ansah, nicht mehr entziehen können. Immerhin existierte das Küchenimperium schon seit mehreren Generationen. Und es gab viele Mitarbeiter, deren Eltern und Großeltern schon ihrer Familie vertraut und das Unternehmen zu dem gemacht hatten, was es heute war. Deswegen gab sie im Fall des Falles immer die Firmenadresse in Türkismühle an. Dorthin kehrte sie letztlich immer wieder zurück.

Ihre Gedanken bewegten sich wieder in die Gegenwart. Kehrer hatte ihr gerade kühl mitgeteilt, dass sie ohne festen Wohnsitz sei und er sie daher eigentlich gar nicht laufen lassen dürfe.

„Was heißt eigentlich?“

„Na ja, da, wie gesagt, die Türmerin, Frau Mimigernaford, die Anzeige zurückgezogen hat, werden Sie vorerst nicht mehr als Zeugin benötigt. Sollte die Staatsanwaltschaft das Verfahren nicht einstellen, melden wir uns bei Ihnen. Also, auf Wiedersehen. Und melden Sie schleunigst irgendwo einen festen Wohnsitz an."

„Auf Wiedersehen? Und was ist mit Feuerwasser?"

„Wir können nicht nach jeder Person fahnden, die im Karnevalstrubel verschütt' geht. Feuerwasser ist bekannt für seine alkoholischen Eskapaden. Ich wette mit Ihnen, dass er spätestens am Aschermittwoch wieder auftaucht. Es gibt aber noch eine weitere Möglichkeit. Die Möglichkeit, dass Sie gar keiner Einbildung erlegen sind."

Claudine horchte auf. Sah Kehrer endlich ein, dass an der Sache etwas faul war? „Das sage ich doch die ganze Zeit!"

„Ich meine die Möglichkeit, dass Sie bewusst versuchen, in unserem beschaulichen Münster die Pferde scheu zu machen, weil es Ihnen geschäftlich gut in den Kram passt!"

„Wie meinen Sie das jetzt wieder?" Im ersten Moment war Claudine eher perplex als empört.

Kehrer lehnte sich genüsslich zurück und drehte sein Schreibgerät zwischen den Fingern. „Nun ja, Sie geben selbst zu, dass Ihre Küchenfirma mit Feuerwasser Geschäfte macht und die Vernissage der Werbung diente. Da passt es möglicherweise gut in Ihre PR-Strategie, wenn der Künstler auf einmal spurlos verschwindet, oder?"

Selbst Claudine fehlten die Worte, um das zu kommentieren. Dafür lagen ihr ganz andere Worte auf der Zunge. Aber die hätten den Tatbestand der Beleidigung erfüllt. Also verbiss sie sich jede Äußerung.

„Schweigen gilt als Zustimmung", provozierte sie Kehrer.

Sie versuchte es mit einem anderen Thema. „Und das Blut? Das habe ich mir wohl auch eingebildet? Und alle anderen, die dort waren, ebenfalls?"

„Irgendwas stimmt mit dem Blut nicht. Diese Tatsache stützt meine Theorie, dass Sie und Ihre Freundin uns eine Lügengeschichte auftischen."

„Unverschämtheit! Allmählich reichen mir Ihre Unterstellungen!“

„Im Gegensatz zu Ihnen spreche ich nur von Tatsachen: Die Blutgruppe ist höchstwahrscheinlich nicht mit der von Feuerwasser identisch. Ich sage höchstwahrscheinlich, weil wir noch eine B-Probe machen müssen, am besten am Objekt selbst, wenn es wieder auftaucht. Im Moment haben wir dafür sowieso keine Kapazitäten, weil wir wegen des Karnevals alle Hände voll zu tun haben. Außerdem überprüft der Staatsanwalt noch, ob es sich wirklich um Kunst handelt oder um Vandalismus. Schließlich muss so etwas genehmigt werden.“ Er schaute ungeduldig auf seine Uhr. Offensichtlich wollte er sie loswerden.

Und da sie sowieso schon stand, machte Claudine auf dem Absatz kehrt und ging mit schnellen Schritten zur Tür. Sie hatte die Nase voll. Grußlos verließ sie den Raum. Dafür warf sie zum Abschied die Tür so laut ins Schloss, dass der Knall noch ein Stockwerk höher vernehmbar war.

„Und? Hat er wenigstens dir geglaubt?“, fragte Imke, die auf dem Flur wartete.

„Dieser Widerling glaubt nur sich selbst. Der dreht dir aus jedem Wort einen Strick, bis du selbst davon überzeugt bist, dass du was verbrochen hast.“

„Sagte ich doch: ein Kotzbrocken.“

„Aber wenigstens sind wir jetzt etwas schlauer. Das Blut stammt wahrscheinlich nicht von Feuerwasser. Ist doch komisch, oder? Na ja, und einen Rettungswagen hat ja auch niemand gesehen.“

„Ich habe nachgedacht. Und da ist mir eingefallen, dass ich einen schwarzen Lieferwagen gesehen habe, als du noch oben im Turm warst. Der ist mit quietschenden Reifen davongebraust. Ich hab mir nur gesagt: ‚So ein Idiot!‘“

„Das sagst du erst jetzt? Es könnte bedeuten, dass Feuerwasser darin abtransportiert wurde!“

„Es ist mir erst gerade eingefallen“, sagte Imke kleinlaut.

„Egal, das behalten wir erst einmal für uns. Damit haben wir einen Wissensvorsprung."

Imke sah ihre Freundin skeptisch an: „Du willst nach wie vor die Sache selbst aufklären?"

„Das haben wir doch so besprochen. Du warst doch dafür! Jetzt gibt es kein zurück mehr." Im Gegenteil! Nun hatte Claudine schon zwei gute Gründe, auf eigene Faust weiterzurecherchieren. Nicht nur Clemens würde sie es zeigen, sondern auch diesem liebenswerten Herrn Kehrer. „Übrigens habe ich noch etwas Interessantes erfahren", fuhr sie fort. „Die Türmerin hat Ihre Anzeige zurückgezogen."

„Daran ist doch was faul!"

„Genau das glaube ich auch."

Draußen vor dem Präsidium atmete Claudine erst einmal tief durch. Die frische Luft tat gut. Vor allem, wenn sie sich vorstellte, dass Kehrer sie womöglich eingebuchtet hätte. Dem Kerl war alles zuzutrauen.

„Weißt du was?", schlug Imke vor. „Jetzt gehen wir erst mal über den schönen Markt und trinken danach einen Kaffee."

Dagegen hatte Claudine nichts einzuwenden. Sie musste ohnehin erst einmal ihre Gedanken ordnen, bevor sie die nächsten Schritte plante.

Kapitel 7:
Samstag, 14:55 Uhr

Es wurde doch noch ein schöner Nachmittag. Die Sonne strahlte vom Himmel herab, und so zeigte sich Münster von seiner besten Seite. Wegen des Karnevalwochenendes war der Prinzipalmarkt mit bunten Fähnchen geschmückt. Die Girlanden waren von einer Straßenseite zur anderen gezogen und bildeten einen bunten Baldachin.

Am meisten beeindruckt aber war Claudine von dem Wochenmarkt. Einen solchen Trubel kannte sie nur aus Frankreich. Und als sie sogar einige seltene Käsespezialitäten fand, die es sonst nur in ihrem Geburtsland zu kaufen gab, war sie glücklich.

Später setzten Imke und sie sich noch in ein Café und ließen einfach die Seele baumeln.

Nachdem sie noch durch die Gassen des Kuhviertels gebummelt und im Pinkus, der legendären Studentenkneipe, eine Altbierbowle genossen hatten, fühlte sich Claudine fast ein wenig beschwipst.

Sie nutzte die gute Laune, um zu verkünden: „Ab sofort ist Wochenende. Feuerwasser kann uns mal kreuzweise. Und alle anderen auch. Wir fahren zurück nach Bielefeld und hauen heute Abend mal so richtig auf die Pauke."

Imke hatte nichts dagegen einzuwenden. Im Gegenteil. „Ich sag gleich den anderen Mädels Bescheid!" Und schon tippte sie ein paar SMS in ihr Handy.

Die anderen Mädels gehörten wie sie beide auch zum Club der stillen Genießerinnen, wie sie sich nannten. Vor allen Dingen Cup-Cakes und diverse Törtchen waren alles andere als tabu. Sie alle hatten Claudine seit einem halben Jahr nicht mehr gesehen. Da würde es viel Neues zu berichten geben.

„Schau mal dort!" Claudines Ausruf riss Imke aus ihren Gedanken. Auf der Schaufensterscheibe einer aufgegebenen Pizzeria prangten etliche Konzertplakate und Pamphlete.

Eines davon war ziemlich frisch. Es war über die älteren geklebt worden. Das nur A4-große Flugblatt enthielt viel Text und nur ein kleines Bild. Aber gerade das hatte es Claudine angetan. Es zeigte das bleiche Konterfei eines grimmig aussehenden, glatzköpfigen Jünglings, der mit einem Ausdruck in die Kamera schaute, den man nur als dämonisch bezeichnen konnte. Vielleicht verdankte der Blick seine Wirkung auch dem Kajal, mit dem der Bursche die Augen schwarz hervorgehoben hatte, so als lägen sie in tiefen Höhlen.

„Kommt dir der auch irgendwie bekannt vor?", fragte sie Imke.

Imke betrachtete das Foto genauer. „Du meinst, das ist einer der Kerle, mit denen wir uns gestern rumgeschlagen haben?"

„Zumindest dem Typ nach. Die Gesichter habe ich ja kaum gesehen."

„Guck mal, wie der Junge heißt: Fürchtegott Untod", las Imke. „Ist ja gruselig. Will er damit kleine Mädchen erschrecken, oder was?"

Claudine war so frei, das Flugblatt abzureißen, damit sie den klein gedruckten Text besser lesen konnte. „So ein Zufall: Dieser Fürchtegott Untod war Sänger der ‚Wiedertäufer'. Und die hatten doch gestern in Bielefeld gespielt!"

„Aber jetzt kommt's! In dem Text bezieht sich Fürchtegott auf den gestrigen Blutregen!"

Claudine dachte nach – und dann fiel er ihr wieder ein: der abseits stehende junge, glatzköpfige Mann in dem viel zu langen Ledermantel! Er war auch bei der Vernissage gewesen. Ob das dieser Fürchtegott gewesen war? An das Gesicht konnte sie sich nicht erinnern. Sie musste sich eingestehen, dass die kahlköpfigen, bleichen Gothics für sie alle irgendwie gleich aussahen.

„Hör zu, es ist unglaublich!", sagte sie und las: „Die Apokalypse ist nah! Der Gott der Verdammnis lädt zum letzten Totentanz! Die astronomische Stunde hat geschlagen: Der

Höllenhimmel öffnet seine Schleusen und lässt Blut herniederregnen, auf dass wir alle darin ersaufen …"

Claudine brach ab. „Das Geschreibsel ist mir zu irre."

„Meinst du, dieser Untod hat sie nicht mehr alle?"

„Entweder das, oder er versucht, aus dem Blutregen Kapital für seine komische Band zu schlagen. Das Flugblatt ist ganz neu, er hat es wahrscheinlich gleich nach der Vernissage geschrieben und ausgedruckt."

„Oder schon vorher: Vielleicht steckt ja gar nicht Feuerwasser hinter dem Blutregen. Sondern Fürchtegott Untod!"

„Du hast recht, Imke. Das eröffnet ganz neue Perspektiven. Auf jeden Fall sollten wir dem schrägen Vogel mal einen Besuch abstatten. Ob der hier in Münster wohnt?"

Imke zog einen Flunsch. „Aber nicht mehr heute. Ich habe den Mädels bereits Bescheid gegeben. Das wird eine Supersause!"

„Darf man vielleicht mitfeiern?", erklang eine Stimme in ihrem Rücken.

Beide Frauen fuhren herum. Aber Claudine hatte schon vorher gewusst, wer sich da an sie herangeschlichen hatte. Der Duft des Zitronenparfüms war unverkennbar.

Jens Meyer-Haferkamp grinste sie an. Trotz der frühen Nachmittagsstunde wirkte er leicht angetrunken. Claudine nahm seinen alkoholgeschwängerten Atem wahr. Na klar, es war ja Karneval. Das gegelte Haar des Eventmanagers war zerzaust, seine Designerbrille saß schief, und um den Hals hatte er ein paar Luftschlangen gewunden.

„Gibt es schon etwas Neues von Feuerwasser?", erkundigte sich Claudine.

Meyer-Haferkamp machte eine unwirsche Handbewegung. „Der alte Knacker hat mich mal wieder ganz schön blamiert. Macht nichts! Jetzt wird erst mal gefeiert. Darf ich die Damen zu einem Sekt einladen?"

„Nein, danke, wir wollten gerade nach Hause fahren", sagte Imke.

Meyer-Haferkamp wurde starr. Er sah das Flugblatt in Claudines Hand. „Man sollte diesen Scharlatan aus Münster hinausjagen! Geteert und gefedert, so wie man es früher mit den Betrügern gehalten hat!“

„Wieso halten Sie Fürchtegott Untod für einen Betrüger?“, wollte Claudine wissen.

„Das ist doch offensichtlich! Er springt auf jeden Zug auf, wenn's nur seiner eigenen Karriere dient! Allein, dass er den Blutregen für seine Zwecke missbraucht, ist unerhört!“

„So? Was hatte es denn Ihrer Meinung nach mit dem Blutregen auf sich?“

Meyer-Haferkamp öffnete den Mund, schien sich aber im letzten Moment anders zu besinnen. „Ach das? Das hat mich die Polizei auch schon gefragt.“

Wahrscheinlich kam er sich besonders clever vor.

„Und wie kommt dieser Untod darauf, den Blutregen für sich zu vereinnahmen? Was meint er mit der astronomischen Stunde, die abgelaufen sei?“

„Alles Humbug!“, schimpfte Meyer-Haferkamp. „Aber ich kann euch das gerne erklären. Es ist nur mit einem winzigen Fußmarsch verbunden.“

Imke schaute ungeduldig auf die Uhr, aber Claudine witterte die Chance, mehr aus dem Eventmanager herauszubekommen.

„Also schön. Wenn's wirklich nicht zu lange dauert“, sagte sie.

„Keine Sorge, ihr zwei Hübschen“, versprach Meyer-Haferkamp. Er schien wirklich ganz schön getankt zu haben. Er wankte ein wenig, entschied sich dann aber, sich bei Imke und Claudine einzuhaken, damit er halbwegs die Balance hielt. So wie er zugriff, vermuteten beide Frauen, dass er auch ganz gern grapschte. Imke war es schließlich zu viel, und sie machte sich frei.

Aber da hatten sie auch schon wieder den Marktplatz erreicht. Die letzten Stände waren längst abgebaut. Vor ihnen erhob sich der Paulusdom. Meyer-Haferkamp führte sie hinein und blieb schließlich im Chorumgang vor einer altertümlich anmutenden Uhr stehen, die dort an der Wand hing.

„So, Mädels, vor euch hängt die astronomische Uhr, auf die sich dieser Scharlatan bezieht. Sie zeigt die Uhrzeit an, den Sonnenlauf und die Mondphase und den Wochentag. Außerdem alle christlichen Feste bis zum Jahr 2071."

Claudine betrachtete die Uhr mit Bewunderung. Es war nicht nur ein mechanisches Meisterwerk, sondern auch ein künstlerisches. Die geschnitzten Figuren sagten ihr nichts, aber sie wirkten außerordentlich filigran.

Meyer-Haferkamp war ihrem Blick gefolgt. „In der Mitte steht der heilige Paulus. Und ganz oben auf der Galerie schlägt jede Viertelstunde der Tod seine Glocke. Daneben steht Chronos, der Gott der Zeit, und dreht eine Sanduhr um. Und die beiden Gestalten links sind der Tutemann und seine Frau. Während er in sein Horn stößt, läutet sie die Glocke."

Claudine verstand: Alle Figuren sollten den Betrachter daran erinnern, dass das irdische Leben begrenzt war und man es daher sinnvoll nutzen sollte.

„Ich begreife trotzdem nicht, was Untod mit der Uhr zu tun hat?"

„Na ja, es gibt noch einige Geheimnisse, die der Uhrmacher, nachdem er dieses Meisterwerk 1542 geschaffen hatte, mit in den Tod genommen haben soll. Unter anderem soll sie auch einige spezielle Ereignisse und vor allem das Ende der Menschheit voraussagen. So wie der Mayakalender. Und jetzt kommt dieser Aufschneider ins Spiel: er behauptet, diese Geheimnisse entschlüsselt zu haben. Ist das nicht einfach lächerlich?"

„Könnte Untod hinter dem Verschwinden Feuerwassers stecken?", fragte Claudine.

„Jeder könnte dahinterstecken. Ein Exzentriker wie Jean-Claude hat mehr Feinde als Freunde. Trotzdem wette ich, dass er sturzbetrunken in irgendeiner Kneipe abhängt und sich weiter volllaufen lässt, während wir uns Sorgen um ihn machen. Aber ich habe da schon eine Idee."

Sein breites Grinsen ließ Schlimmes erahnen.

Kapitel 8:
Sonntag, 9:45 Uhr

Am nächsten Morgen dröhnte Claudine noch immer der Schädel. Bei der Wiedersehensfeier des Clubs der stillen Genießerinnen waren nicht nur Cupcakes verzehrt worden. Es war auch viel Alkohol geflossen. Viel zu viel.

Hatte sie überhaupt ein Auge zugemacht? Dem grellen Sonnenschein nach zu urteilen, der ins Zimmer strömte, herrschte längst hellichter Tag. Aber sie war noch immer völlig fertig.

Claudine zog sich die Decke über den Kopf und wollte nur eines: weiterschlafen.

Doch etwas hinderte sie daran. Helene Fischer trällerte ihren Hit „Atemlos durch die Nacht".

Erst nach etlichen Sekunden begriff Claudine, dass die Töne aus ihrem Handy drangen. Und augenblicklich wusste sie, wer da anrief: Clemens!

Nach ihrem letzten Streit hatte sie ihn eigentlich aus dem Nummernspeicher des Handys hinauswerfen wollen. Aber etwas hatte sie davon abgehalten. Immerhin hatte sie ihn für den Fall, dass er sich je wieder erdreistete, sie anzurufen, mit der Melodie belegt, die sie am meisten nervte.

Als Vorwarnung.

Sie war versucht, den Anruf abzulehnen. Stattdessen ließ sie zu, dass die verhasste Melodie ihr Ohr malträtierte. Und Clemens war hartnäckig! Zumindest in der Hinsicht hatte er sich nicht geändert.

Schließlich hielt sie es nicht mehr aus. Doch statt die Abbruch-Taste zu drücken, nahm sie den Anruf an.

„Was willst du?", fragte sie mit der Warmherzigkeit eines Eisbergs.

„Deine Stimme hören", kam es prompt aus dem Handy.

„Die hast du jetzt gehört. Mach's gut!"

„Halt, halt, es gibt da einiges zu bereden …"

„Es ist alles beredet."

„Ja, ich weiß, ich habe mich wie ein Trottel benommen. Und das nicht das erste Mal. Ich habe es verdient, von dir verachtet zu werden …"

„Ach, das sind ja ganz neue Töne!"

„Hör zu, liebste Claudine, ich habe dich verletzt, ja, aber es war nicht so gemeint. Deine Tante hat mir die Augen geöffnet …"

„Tante Claire hat sich da nicht einzumischen. Ich bin erwachsen!"

„Ja, zweifellos, aber trotzdem hat sie recht."

„Womit hat sie recht?"

„Dass wir zusammenpassen. Egal, wie sehr du dich auch dagegen sträubst, wir sind nun mal füreinander geschaffen. Und daher …"

Was er noch zu sagen hatte, erfuhr sie nicht. Sie hatte die Verbindung unterbrochen.

Helene Fischer begann wieder zu zwitschern.

Claudine riss das Handy ans Ohr. „Hör zu!", bellte sie. „Du willst doch nur wissen, was ich bisher über Feuerwassers Verschwinden herausgefunden habe. Wahrscheinlich bezahlt dich die Queen fürstlich, wenn du den Fall löst."

„Eigentlich nicht. Ich habe den Fall nur unter der Bedingung übernommen, dass sie mich ihn honorarfrei lösen lässt. Es ist mir sozusagen eine Ehre."

„Clemens, der Gentleman-Detektiv? Das ist ja eine ganz neue Masche. Du willst dich doch nur bei ihr einschmeicheln!"

Er seufzte. „Schade, dass du eine solch schlechte Meinung von mir hast. Übrigens, was hast du denn bisher herausgefunden?"

„Das binde ich dir nicht auf die Nase. Hältst du mich für blöd?"

„Deine Tante sagte, wir würden zusammenarbeiten."

„Mich hat sie nicht gefragt. Und ich sage Nein!"

„Zu dumm, ich habe nämlich etwas Wichtiges entdeckt."
„Du bluffst doch nur."
„Nein, bestimmt nicht, es ist wirklich wichtig."
„Dann sag es doch einfach!"
„Übers Handy? Sag mal, hast du noch nie was von der NSA gehört? Von riesigen elektronischen Lauschlappen, die auf nichts ahnende Bürger ausgerichtet sind? Wer weiß, wer in diesem Moment alles mithört."
Claudine überlegte ein paar Sekunden lang. Wollte Clemens sie nur austricksen, um zu erfahren, was sie inzwischen ermittelt hatte? Aber was hieß schon ermittelt? Mehr oder weniger lag ja noch alles im Dunkeln … An die zweite Möglichkeit, dass er sie einfach nur wiedersehen wollte, mochte sie nicht recht glauben.
„Also gut", sagte sie schließlich. „Was schlägst du vor?"
„Wie wär's mit einem Mittagessen bei Holtkötter?"
„Der ist doch bestimmt seit Wochen ausgebucht."
„Zufällig habe ich einen Tisch reservieren lassen."

Jedermann kannte Harry Holtkötter. Der berühmte Fernsehkoch war der Schwarm zahlreicher Hausfrauen. Wenn der blondhaarige Hüne mit den breiten Schultern treuherzig in die Kamera schaute, schmolzen die Damenherzen dahin, und die Einschaltquoten schossen in die Höhe. Und das Beste war: Er konnte sogar kochen. Und zwar richtig gut! Deswegen hatte er sich auch längst – außerhalb des Rampenlichtes – einen Stern erkocht.
Wenn Claudine jedoch daran dachte, dass sie vor gar nicht so langer Zeit in Holtkötter verknallt gewesen war, bekam sie immer noch einen roten Kopf. Was heißt verknallt? Er war ihr Schwarm gewesen. Aber gleich bei der ersten Begegnung hatte er sie schlagartig von ihrer Schwärmerei befreit. Sie hatte ihn als Rüpel und Weiberheld wahrgenommen. Mittlerweile kannte sie ihn etwas besser und wusste, dass Holtkötter eigentlich ein ganz patenter Kerl war, aber von ihrer

Mr-Perfect-Liste hatte sie ihn längst gestrichen. Außerdem war er ihr viel zu eitel; Holtkötter war eitler als ein Pfau.

Als sie sein neues Lokal oberhalb der Rudolf-Oetker-Halle in Bielefeld betrat, war ihr trotzdem ein wenig flau im Magen. Aber das hatte andere Gründe.

Eine junge Serviererin kam auf sie zu und geleitete sie zu ihrem Tisch. Nach zwei Minuten kam Holtkötter aus seiner Küche gestürmt. Er beugte sich zu ihr hinunter, küsste sie auf beide Wangen und umarmte sie überschwänglich.

„Was freue ich mich, Sie endlich einmal wiederzusehen", dröhnte er, sodass sich die anderen Gäste neugierig umsahen. Claudine wurde rot. Derart im Mittelpunkt zu stehen, behagte ihr überhaupt nicht.

Dann wurde er vertraulich und senkte seine Stimme. „Haben Sie wieder was am Laufen?"

„Was meinen Sie damit?"

„Na, einen neuen Fall", flüsterte er und blinzelte ihr verschwörerisch zu. „Ich habe sozusagen Blut geleckt. Sie wissen ja, auf mich können Sie zählen."

Zweimal war er bereits dabei gewesen, als Clemens und sie gemeinsam ein Verbrechen aufgeklärt hatten. Und beide Male hatte die Queen sie erst dazu gedrängt, weil SCHMIDT KÜCHEN in die Fälle verwickelt gewesen war – als Opfer. Jedenfalls wäre Claudine von sich aus nie auf die Idee gekommen, Detektiv zu spielen.

„Vielen Dank, Herr Holtkötter. Es ist schön zu wissen, dass ich mich auf Sie verlassen kann."

In diesem Augenblick sah sie Clemens, der das Lokal betreten hatte und sie sogleich erspähte. Sie schaute nur einen Moment lang zu ihm hin. Er war groß, vielleicht ein bisschen zu füllig, und seine blauen Augen, die hinter der Brille größer wirkten, als sie in Wirklichkeit waren, konnten täuschend treuherzig gucken. Claudine wusste längst, dass der treue Hundeblick nur Fassade war. Imke hatte von Anfang an recht gehabt: Er hatte etwas von einem Königspudel.

„Im Moment ist dieser Herr mein aktueller Fall“, fügte sie hinzu.

„Ich dachte, Sie beide wären längst ein glückliches Paar.“

„Wären wir ein Paar, wären wir nicht glücklich.“

„Ich verstehe.“ Holtkötter richtete sich etwas betreten auf und begrüßte Clemens, der gerade an den Tisch trat. Er drückte ihm die Hand so fest, dass Clemens aufstöhnte. Dann beugte sich der Zwei-Meter-Koch zu Clemens hinab, der fünfzehn Zentimeter kleiner war, und flüsterte ihm etwas ins Ohr. Danach klopfte er ihm im Weggehen noch einmal so kräftig auf die Schulter, dass Clemens fast taumelte.

Nun endlich konnte Clemens Claudine begrüßen. Sie gönnte ihm die Fingerspitzen, die sie ihm jedoch rasch wieder entzog, als er sie zu lange festhielt.

„Gut siehst du aus!“, sagte er, während er sich setzte und sie dabei im Auge behielt. „Ach was, du siehst einfach fantastisch aus!“

„Spar dir dein Süßholzgeraspel und komm zur Sache“, sagte sie kühl.

„Vor dem Essen? Es wäre Blasphemie. Menschlich gesehen kann ich Holtkötter nicht ab, aber er kocht göttlich.“

Also beschloss Claudine, ihre Zunge ausschließlich mit den kulinarischen Freuden zu beschäftigen und sich aufs Schweigen zu verlegen. Clemens versuchte zwar ein paarmal, sie aus der Reserve zu locken, aber sie blieb eisern.

Erst diverse Amuse-Gueules als Gruß aus der Küche besserten ihre Laune. Sie war zwar kein Gourmet wie Clemens, aber Holtkötter verstand seine Kunst, das musste man ihm lassen. Bereits bei den Spinatravioli auf Belugalinsen mit Rotweinbutter hätte sie schier dahinschmelzen können. Zum Glück nutzte Clemens ihre momentane Schwäche nicht aus. Er bemerkte diese noch nicht einmal, weil er selbst viel zu sehr am Schwelgen und Genießen war. Er schnüffelte an den Speisen, beugte sich tief darüber, sog die Aromen ein und stöhnte und schnalzte zufrieden mit der Zunge.

Beim Nachtisch, der pochierten Birne mit weißer Schokolade und Gewürztraminer, war Claudines Stimmung merklich gestiegen. Sie entschied, Clemens wohlwollend anzuhören.

„Nun, was hast du mir Wichtiges mitzuteilen?", fragte sie schließlich, während die Serviererin den Tisch abräumte.

„Ich? Ich dachte, du wolltest mit mir über Feuerwasser sprechen?"

„Unsinn! Du hast am Telefon behauptet, dass du etwas Wichtiges herausgefunden hättest!"

„Stimmt, aber es betrifft nicht Feuerwasser, sondern uns beide. Ich habe nämlich herausgefunden, dass ich dich liebe! Klingt banal, aber ohne dich erscheint mir mein Leben sinnlos, trist und leer."

Sie starrte ihn fassungslos an. „Und um mir das zu sagen, lässt du mich hier antanzen!" Am liebsten wäre sie sofort aufgestanden und davongerauscht. Andererseits, wenn er sie mit seinen blauen Augen so treuherzig anschaute, konnte sie ihm nicht wirklich böse sein. Außerdem war das Essen vorzüglich gewesen. Sie dachte an die letzten Monate zurück. Ohne einen festen Freund an ihrer Seite hatte sie sich sehr gut geschlagen und viel Spaß gehabt. Allerdings hatte sie sich in manchen Nächten auch ziemlich einsam gefühlt.

Trotzdem, so schnell fiel sie nicht wieder auf ihn herein! Als er nach ihrer Hand griff, zog sie sie schnell zurück.

„Was ist nur mit uns los?", sagte er mit trauriger Stimme. Wahrscheinlich hatte er das vorher geübt. „Wir waren doch schon fast …" Er nahm die Brille ab und wischte sich über die Augen. Danach tupfte er sich mit dem Tuch über die Lippen und wischte einen Krümel fort.

Tolles Theater, dachte Claudine.

Aber wenn es kein Theater ist?

Nein, sie musste hart bleiben!

„Was heißt fast?", zischte sie. „Fast wäre ich so dumm gewesen, mich dir aufzudrängen und mit dir nach Grönland zu fahren! Fast wäre ich dir in die Quere gekommen bei eurem ach so tollen Männertrip! Und fast wäre ich so dumm gewesen zu glauben …“ Ihr brach die Stimme.

„Ja?“

„Nichts. Ich schlage vor, dass wir es erst mal beim Geschäftlichen belassen“, sagte sie. „Du hast also noch gar nicht mit deinen Ermittlungen begonnen?“

„Na ja, ich dachte, wir reden erst mal über das Private und machen reinen Tisch.“

„Das haben wir ja jetzt gemacht. Also?“

„Ich habe mich natürlich über Feuerwasser informiert. Kommerziell gesehen gehört er zu den weltweit erfolgreichsten Künstlern. Allerdings ist sein Stern im Sinken begriffen. So richtig bergab geht es seit einem Dreivierteljahr. Da hat er seinen langjährigen Agenten gefeuert und einen Eventmanager angeheuert. Na, du kennst diese Typen ja: Die machen viel Wind und wenig Ertrag. Wenigstens die meisten.“

„Sprichst du etwa von Jens Meyer-Haferkamp?“

„Genau. Der Typ hat etliche Insolvenzen hinter sich. Sein beruflicher Werdegang ist ein einziges Desaster, und er hat zahlreiche seiner Kunden geschäftlich an die Wand gefahren.“

„Komisch … auf mich wirkte er zwar arrogant, aber ich dachte, er und Feuerwasser seien ein eingespieltes Team und würden sich schon lange kennen.“ Claudine überlegte einen Augenblick, ehe sie verkündete: „Dann ist für mich die Sache klar: Hinter Feuerwassers Verschwinden steckt sein Eventmanager. Dieser Kommissar Kehrer …“

„Kommissar Kehrer? Wer ist das?“

„Erzähle ich dir gleich. Der hatte jedenfalls auch schon den Verdacht, dahinter könnte eine geschickte PR-Methode stecken. Allerdings hat er mich bezichtigt, damit zu tun zu haben. Als ob wir es nötig hätten!“

„Aber einem so windigen Genossen wie Meyer-Haferkamp wäre das zuzutrauen!“, meinte auch Clemens.

Sie tauschten noch eine ganze Weile lang ihre Ansichten aus. Erst als Holtkötter persönlich an Ihren Tisch trat und fragte, ob alles zu Ihrer Zufriedenheit gewesen sei, fiel Claudine auf, wie lange sie und Clemens miteinander gesprochen hatten.

Und wie gut sie einander ergänzten.

Schade, dachte sie, *schade, dass Clemens immer alles verbockt.*

Nach mehreren Digestifs und einem letzten Espresso standen sie schließlich mit verlegenen Mienen vor dem Restaurant.

Clemens brach das ungemütliche Schweigen. „Was hast du heute noch vor?“, wollte er wissen.

„Eigentlich nichts. Heute kriegt mich jedenfalls niemand nach Münster.“

„Mich auch nicht. Schließlich ist heute Sonntag.“ Er deutete hinunter zum Park, wo auf den Wegen und Rasenflächen etliche Müßiggänger das freundliche Wetter genossen. „Wie wär’s, wenn wir uns nach dem Essen noch ein wenig die Beine vertreten?“

Bevor sie ihm einen Korb geben konnte, hatte er sie untergehakt und zog sie in Richtung des Parks.

Kapitel 9:
Sonntag, 17:45 Uhr

Während sie ihren Verdauungsspaziergang durch den Park unternahmen, waren Claudine und Clemens bald wieder auf Feuerwassers Verschwinden zu sprechen gekommen. Irgendwann hatte Claudine den Überfall erwähnt, dessen Opfer sie und Imke gewesen waren.

Sie hatte gar nicht gewusst, dass Clemens derart zornig werden konnte.

„Diese Schweinehunde!“, rief er und ballte unwillkürlich die Fäuste. „Vergreifen sich an wehrlosen Frauen!“

„Na, so wehrlos waren wir ja dann auch wieder nicht.“

„Es hätte auch anders kommen können. Und du sagst, das waren Gothics?“

„Zumindest sahen sie so aus, als wollten sie auf das Konzert der ‚Wiedertäufer‘.“

„Das ist kein Zufall! Denen fühlen wir auf den Zahn!“, beschloss Clemens grimmig.

Wieder hallten Claudine die eigenen Worte im Ohr:

Heute kriegt mich jedenfalls niemand nach Münster.

Aber Clemens gab nicht eher Ruhe, bis Claudine schließlich nachgab und einwilligte, noch einmal nach Münster zu fahren.

Während der Fahrt warf sie ihm immer wieder Seitenblicke zu. Er hielt die Fäuste um das Lenkrad geballt und sah noch immer zornig aus und fest entschlossen.

Sie fragte: „Und wo willst du diesen Fürchtegott Untod finden?“

„Ich kenne seine Adresse“, knurrte Clemens.

„Und woher hast du die auf einmal?“

„Ich habe zwischenzeitlich gegoogelt. Untod und seine Band haben ihren Proberaum im Münsteraner Hafenviertel. Und dort ist dieser Untod auch offiziell gemeldet. Im bürgerlichen Leben heißt er übrigens Detlef Müller.“

Die Band gab es schon seit über fünfundzwanzig Jahren. Bisher hatte es noch zu keinem Vertrag mit einem Label gereicht. Aber immerhin hatten sie in Münster und Umgebung zahlreiche Auftritte zu verbuchen. Und auch in Bielefeld ein paar Gigs hingelegt. Der Schlagzeuger der Band kam aus Ostwestfalen.

„Klingt alles ziemlich unspektakulär", stellte Claudine fest, während bereits die ersten Fabrikhallen vor ihnen auftauchten. „Und hier irgendwo wohnt unser Mann?"

Clemens schaute aufs Navi. „Scheint so." Sie fuhren noch einige Meter weiter, bis ein Parkplatz in Sicht kam.

„Ich habe gehört, das Gebiet hier am Hafen ist so etwas wie ein Szeneviertel", bemerkte Claudine.

„Kommt drauf an, was für eine Szene du meinst", sagte Clemens. „*Lifestyle* ist woanders. Wir sind hier am Hawerkamp, auch die Bronx von Münster genannt."

Sie stiegen aus. Clemens lief los, und Claudine folgte ihm. Einen einladenden Eindruck machte die Gegend wirklich nicht. Und je weiter sie sich der Adresse näherten, desto unwirtlicher kam es ihr vor. Die ehemaligen Speicher und Silos wirkten heruntergekommen. Außerdem war kein Mensch zu sehen.

„Bist du wirklich sicher, dass wir hier auf Leben stoßen? Ich meine, auf höheres Leben als Ratten und Ungeziefer?"

Clemens verglich soeben eine Hausnummer mit den Infos auf seinem Smartphone. „Hm, hier müsste er eigentlich hausen …"

Sie standen vor einer Fabrikruine. Eingeworfene Fensterscheiben und Mauern, die mit Graffiti beschmiert waren und aus deren Fugen Unkraut spross, zeugten davon, dass hier schon lange die Lichter ausgegangen waren.

„Wie eine Reihenhaussiedlung sieht das hier nicht aus", stellte Claudine fest. Sie rümpfte die Nase. Es roch nach Urin und anderen unappetitlichen Dingen. Ein streunender schwarzer Hund wühlte mit der Schnauze in einem Berg

Unrat. Als er die beiden sah, kläffte er kurz und verschwand in einer Seitentür.

„Vielleicht führt der uns ja zu seinem Herrchen."

„Du meinst, jemand wie Fürchtegott Untod hat ein Herz für Tiere?"

„Schauen wir doch mal!", sagte Clemens und ging voran.

Die Tür, hinter der der Hund verschwunden war, ließ sich nicht bewegen. Sie schien mit dem Linoleumboden verwachsen. Zumindest war die Öffnung breit genug, dass Clemens sich so gerade noch hindurchzwängen konnte. Mit mühsam eingezogenem Bauch. Claudine konnte sich ein Lächeln nicht verkneifen. Ohne Schwierigkeiten schlüpfte sie hinterher.

Der Gestank im Hausflur war noch penetranter als draußen. Außerdem mischte er sich mit dem abgestandenen Geruch gekochten Kohls.

„Hallo? Ist hier jemand?", rief Clemens. Seine Stimme hallte im Treppenhaus wider.

„Irgendwie gespenstisch hier", stellte Claudine fest. „Perfekte Umgebung für einen Gothic-Musiker." Durch die schmalen, hohen Fenster fiel nur spärlich das Laternenlicht herein.

„Guck mal da!", sagte Clemens und wies auf einen zerbeulten Briefkasten. Er war über den Schlitz hinaus voll mit Reklame und Werbezeitschriften, aber das Namensschild war deutlich zu lesen: Müller.

„Scheint so, als ob wir hier richtig wären", stellte Clemens fest. Es schien hier im Haus nur einen Müller zu geben. Allerdings waren nicht alle Briefkästen und nicht alle Knöpfe am rostigen Klingelbrett beschriftet.

Zwei Etagen weiter oben stießen sie auf eine angelehnte Tür. Die obere Türhälfte war verglast, und hinter der Scheibe hingen geraffte Gardinchen. An der Tür war ein lackiertes Holzbrett befestigt, auf dem mit altmodischen Abreibe-Buchstaben lapidar „Müller" geschrieben stand.

Clemens und Claudine warfen einander einen fragenden Blick zu. Und da es keine Klingel gab, stieß Clemens die Tür kurzerhand auf und trat in den Wohnungsflur.

Zuerst fiel Claudine der Geruch auf. Es duftete, als hätte Meister Proper hier gerade erst einen seiner Blitzbesuche absolviert.

Das passte überhaupt nicht zum bisherigen Umfeld. Aber des Rätsels Lösung lag nicht fern. Gleich die nächste Tür zur Linken stand offen, und Claudine spähte in den dahinter liegenden Raum. Es war die Toilette. Auf den Bodenfliesen kniete ein Mann im weißen Overall und reinigte mit einer Zahnbürste die Kloschüssel.

Das sah ganz so aus, als würde die Wohnung von Grund auf desinfiziert. Was war hier passiert? Und wo waren die übrigen Reinigungskräfte?

Clemens, der neben Claudine getreten war, räusperte sich. Bisher hatte der ganz auf seine Arbeit konzentrierte Mann die Eindringlinge nicht bemerkt. Doch nun fuhr er herum, und seine Miene zeigte erst Überraschung und dann Erschrecken.

Dieses ausdrucksvolle Mienenspiel währte nur Sekunden, dann hatte er sich unter Kontrolle.

„Was … Was haben Sie in meiner Wohnung zu suchen?“

Clemens übernahm die Gesprächsführung, während Claudine den Mann schweigend musterte.

„Das ist Ihre Wohnung? Dann sind Sie Detlev Müller?“, folgerte er.

„Und wenn? Sie haben mir immer noch nicht meine Frage beantwortet!“

Der Mann erhob sich. Er war genauso groß wie Clemens, aber viel dünner. Claudine schätzte sein Alter auf Anfang vierzig. Der Plastikoverall erinnerte an die Kleidung der polizeilichen Spurensicherung. Die Haltung des Mannes war abwehrend, und unbewusst umklammerte er die Zahnbüste wie eine lächerlich wirkende Waffe.

„Wir ermitteln im Fall des verschwundenen Jean-Claude Feuerwasser", erklärte Clemens.

„Polizei?" Diesmal war der Blick, den der Mann den beiden zuwarf, fast panisch.

„Sind Sie nun Detlev Müller oder nicht?", bohrte Clemens nach. Ziemlich unverfroren, wie Claudine fand, denn immerhin waren sie unbefugt in eine fremde Wohnung eingedrungen. Aber auch der Kerl mit der Zahnbüste hatte offenbar kein reines Gewissen, und er nahm Clemens den autoritären Zivilbullen ohne Weiteres ab.

„Ja, der bin ich. Darf ich Ihren Dienstausweis sehen?"

„Wir sind privat auf den Fall angesetzt", sagte Clemens, und Müller atmete sichtlich auf.

„Ach so ist das. Privatschnüffler. Aber warum kommen Sie wegen diesem Feuerwasser ausgerechnet zu mir?"

„Weil Sie auf der Vernissage waren!", mischte Claudine sich ins Gespräch. Sie hatte ihn sehr schnell wiedererkannt. Er war identisch mit dem Glatzkopf im langen Ledermantel, der ihr unter den Zuschauern aufgefallen war.

„Na und? Ist das verboten?", versetzte Müller herausfordernd. Er hatte sich von seinem ersten Schock erholt.

„Das nicht", sagte Claudine. „Aber uns wurde zugetragen, dass Sie und Feuerwasser nicht gerade die besten Freunde sind." Sie versuchte es mit einem Bluff, eingedenk dessen, was Meyer-Haferkamp ihr erzählt hatte.

Müller sprang darauf an. Hitzig sagte er: „Ist das ein Wunder? Er hat sich meine Freundschaft erschlichen! Hat so getan, als würde er an die Apokalypse glauben! Dabei hat er nur abkupfern wollen!"

„Und aus welchem Grund?", wollte Clemens wissen.

„Na, der Typ war künstlerisch völlig ausgebrannt. Feuerwasser hat sich den Verstand und das Genie weggesoffen. Das ist allgemein bekannt."

Clemens nickte verständnisinnig. Dann schlug er vor: „Sagen Sie, Herr Müller, hätten sie was dagegen, wenn wir die Unterhaltung an einem etwas – äh – gastfreundlicheren Winkel Ihrer Wohnung fortsetzen würden? Mich interessiert nämlich, was Sie über die Apokalypse zu erzählen haben!“

„Wirklich?“, fragte Müller misstrauisch. „Meinetwegen. Allerdings muss ich Sie bitten, die Schuhe auszuziehen. Wegen der Bakterien.“

„Bakterien?“

„Ja, unsere schmutzige Welt ist voller boshafter winziger Biester, die alle nur das Eine im Sinn haben …“

„Was denn?“, hakte Claudine nach.

„Unseren Tod!“, platzte Müller mit dunkler Stimme heraus. „Krankheit, Siechtum, Fäulnis und schließlich: Tod. Ich meine nicht nur das leibliche Ende ….“

„Okay, ich verstehe“, stimmte Clemens zu. „Die Bakterien greifen auch nach unserem Geist, nicht wahr?“

Müller sah ihn erstaunt an: „Sie haben meine Botschaften gelesen?“

Zwei Minuten später saßen sie in Müllers penibel aufgeräumter Wohnküche. Das Mobiliar schien größtenteils vom Sperrmüll zu stammen, aber alles war blitzsauber und aufgeräumt. Selbst der Holzboden war blank geschrubbt und roch nach Seife.

Konnte es sein, dass Fürchtegott Untod einem Reinlichkeitsfimmel frönte?

Der Musiker war Claudines Blick gefolgt: „Der glänzt wie meine Glatze, was?“ Claudine verkniff sich ein Grinsen, als sie daran dachte, dass Müller dem Meister Proper auch hinsichtlich der Kopfzierde ähnelte. „Bei mir kommt nur destilliertes Wasser auf die Holzdielen“, erklärte Müller zufrieden. „Manche der alten Flecken kehren trotzdem immer wieder. Ein Spritzer Petroleum wirkt da Wunder …“

Wahrscheinlich hätte er noch stundenlang über blanke Böden doziert, wenn Clemens nicht mit einem dezenten

Räuspern zum Thema zurückgekehrt wäre. „Jean-Claude Feuerwasser hat sich also ebenfalls für Ihre Theorien der Apokalypse interessiert …“

„Er hat sie eins zu eins übernommen und als seine eigenen ausgegeben!“, empörte sich Müller. „Er ist ein Scharlatan, der die Zeichen der Zeit selbst nicht zu deuten vermag. Aber er scheffelt Gewinn daraus.“

„Wie darf ich das verstehen?“

„Ich befasse mich seit fünfundzwanzig Jahren mit der Materie. Vergessen Sie alles, was Sie in der Bibel über die Apokalypse gelesen haben. Sie findet so nicht statt.“

„Da bin ich aber beruhigt.“

Müller entging der Anflug von Sarkasmus, den Clemens sich nicht hatte verkneifen können. Er fuhr fort: „In Wahrheit wird alles noch viel schlimmer! Seit Fukushima steht die Große Uhr bereits auf 664. Sie wissen ja: 666 ist die Zahl des Tieres. Des Antichristen! Das steht schon in der Bibel.“ Müller stand vom Stuhl auf und deklamierte mit tiefer Singstimme: „Den sieben Engeln mit den sieben Plagen werden von einem der vier Geschöpfe sieben goldene Schalen dargereicht, und jede Schale ist bis zum Rand angefüllt mit dem Zorn Gottes. Die erste Schale wird über dem Land ausgegossen, und an den Menschen mit dem Kennzeichen des Tiers bildet sich ein böses und schlimmes Geschwür. Die zweite Schale wird über dem Meer ausgegossen, und das Meer wird zu Blut und alle Lebewesen des Meeres verenden …“

„Danke, so ausführlich wollten wir das gar nicht wissen“, stoppte ihn Clemens. „Aber die Sache mit dem Blut, die Sie eben erwähnten, könnte doch Feuerwasser zu seiner Aktion inspiriert haben, oder?“

Müller zuckte mit den Schultern. „Keine Ahnung, was in dessen Gehirnwindungen vorgeht.“

„Na schön“, sagte Clemens, „dann habe ich nur noch eine abschließende Frage: Was meinten Sie mit der Großen Uhr?“

„Natürlich die astronomische Uhr im Dom“, erwiderte Müller gewichtig. „Schon als Chorknabe habe ich mich nachts heimlich im Dom einschließen lassen und ihrer geheimen Stimme gelauscht …“ Ein dunkles Lächeln lag auf Müllers Lippen.

„Ihrer … Stimme?“

„Ja, was glauben Sie, woher ich mein arkanes Wissen beziehe?“ Und wiederum hob er mit tiefer, dämonischer Stimme zu deklamieren an: „Erde und Himmel werden verschwinden. Das Buch des Großen Tieres wird aufgeschlagen. Die übrigen Toten werden auferstehen und die Herrschaft übernehmen. Wer nicht im Buch des Großen Tieres verzeichnet steht, wird in den Feuersee geworfen …“

Später im Treppenhaus tippte sich Clemens an die Stirn. „Wer mit der Uhr spricht, der tickt doch nicht richtig.“

„Außerdem steht es, wie er selbst zugibt, in der Offenbarung des Johannes alles ein wenig anders“, stellte Claudine fest. „Müllerchen rührt sich da seinen eigenen Brei zurecht. Und hast du dich umgeguckt, wie penetrant sauber alles war?“

„Wegen der Bazillen!“, sagten beide beinahe synchron und brachen unwillkürlich in Lachen aus.

Als sie vor der Fabrikhalle standen, war es bereits dunkel geworden. Clemens erhellte den Weg mit seiner Handyleuchte.

Doch während sie weitergingen, wurde es nach und nach heller und belebter. Aus einigen der Lagerhallen drang Licht nach draußen. Die zuckenden Flammen brennender Ölfässer warfen gespenstische Schatten.

Außerdem füllten sich die Wege zwischen den Gebäuden mit immer mehr Menschen. Zumeist waren es Jugendliche in zerrissener Kleidung oder schwarz gewandete Gothic-Freaks. Die meisten wirkten harmlos und freundlich, aber es gab auch den einen oder anderen misstrauischen Blick, der ihnen zugeworfen wurde. Allein von der Kleidung her passten Clemens und Claudine nicht so recht in diese Gegend.

Als ihnen eine Gruppe betrunkener Punks entgegenkam, schmiegte Claudine sich unwillkürlich enger an Clemens. Aber die Jugendlichen gingen grölend an ihnen vorbei, ohne sie zu beachten.

„Krasse Gegend!“, stellte Clemens fest. Er hatte den Arm um Claudines Hüften gelegt und zufrieden zur Kenntnis genommen, dass sie es duldete.

Aus einem Hauseingang drang psychedelische Musik, aus einem anderen lautes Gelächter.

„Anscheinend haben sich hier einige Clubs angesiedelt. Und es scheint für jeden Geschmack was dabei zu sein ...“, stellte Claudine fest.

„Hauptsache, wir finden unseren Wagen wieder.“ Sie waren vom direkten Weg zum Parkplatz ein wenig abgekommen. Als die beiden um die nächste Ecke bogen, stutzten sie. Der gesamte Vorplatz war von schwarz gekleideten Gruftis bevölkert.

„Ein paar von denen sehen ja aus, als wären sie geklonte Fürchtegotts!“, murmelte Claudine.

Tatsächlich waren etliche kahlköpfige Männer in der Menge. Aber die meisten anderen waren trotz der schwarzen Tristesse fantasievoll gekleidet. Vor allem die Frauen hatten sich herausgeputzt.

„Was hier wohl los ist?“, wunderte sich Clemens.

Die Tür eines Speichers schwang auf, und in die Menge kam Bewegung. Sie formierte sich zu einer langen Warteschlange.

Clemens trat zu einem der Anstehenden hin: „Entschuldigung. Aber was findet denn hier Spannendes statt?“

Der Freak musterte ihn wie ein Wesen von einem anderen Stern. Doch nach der überaus kritischen Musterung ließ er sich doch noch zu einer Antwort herab: „Wenn wir Glück haben, erleben wir heute Abend die Apokalypse, Mann. Und wir sind dabei!"

Clemens warf Claudine einen verwirrten Blick zu. Aber sie begriff sofort: „Treten hier etwa die ‚Wiedertäufer' auf?"

„The ‚Wiedertäufer'", stellte der Bursche richtig. „Die Apokalypse ist international."

„Verstehe. Und wann geht's los?"

„Keine Ahnung. Wenn der Meister das Zeichen gibt, wahrscheinlich. Er hört ja auf seine kosmischen Stimmen."

Claudine und Clemens bedankten sich für die Auskunft und stellten sich am Ende der Schlange an.

„Du willst dir das Konzert wirklich antun?", vergewisserte sich Clemens.

„Untod spielt ein doppeltes Spiel. Er hat irgendwas zu verbergen. Warum hat er uns nicht erzählt, dass er heute noch ein Konzert gibt? Und das nur wenige Schritte von seinem Domizil entfernt?"

Nur langsam ging es in der Schlange voran. Offensichtlich war Untods Publicity-Strategie aufgegangen. In der schwarzen Szene wurde sein neuestes Flugblatt heiß diskutiert. Auch unter den Besuchern war es das vorherrschende Thema.

Endlich, nach über einer Stunde, waren Clemens und Claudine weit genug vorgerückt, um in den düsteren Korridor einzutreten, der sie hinter dem Eingang erwartete. Das junge Mädchen an der Kasse hatte mehr Piercings im hübschen Gesicht als Haare auf dem Schädel. Auch sie war nahezu kahl geschoren, wahrscheinlich als Huldigung an die „Wiedertäufer". Gegen eine „Spende für die Überlebenden der bevorstehenden Apokalypse" wurden sie eingelassen. Vorher drückte ihnen ein weiterer Kahlschädel noch einen Stempel auf den Handrücken.

Während sie durch einen langen dunklen Gang geschleust wurden, hielt Clemens Claudine nach wie vor schützend seinen Arm um die Schulter.

„Die Spende für die Überlebenden war ganz schön happig!“, sagte Clemens. „Unser Untod ist geschäftstüchtiger, als sein Sperrmüllhaushalt vermuten lässt.“

„Ja, es sieht so aus, als würde er die Gunst der Stunde nutzen, um einmal richtig abzusahnen“, bestätigte Claudine.

Endlich standen sie mit gefühlt dreihundert weiteren Zuhörern dicht gedrängt in einer ehemaligen Fabrikhalle.

Aber das Konzert fing noch lange nicht an. Es dauerte eine weitere geschlagene Stunde, bis ein düsteres Orgel-Intro ankündigte, dass es nun endlich losging. Ein Donnerschlag dröhnte, und dann standen Fürchtegott Untod und seine Mannen auf der Bühne. Die Menge jubelte.

Auch Claudine hätte fast aufgeschrien. Allerdings vor Überraschung. Drei Leute der fünfköpfigen Band waren ihr schon einmal begegnet. Sie hatte die Schläger aus Bielefeld wiedererkannt! Zugegeben, in letzter Zeit waren ihr viele Männer in langen Ledermänteln begegnet. Und auch jetzt gab es etliche Typen um sie herum, die diesem Look frönten. Ein Gesicht kam ihr aber besonders bekannt vor: Es war mit schwarzer Sprühfarbe verunziert. Auf den Wangen und am Kinn war das Schwarz verblasst. Wahrscheinlich hatte der Kerl versucht, die Farbe zu entfernen. Was sich aber ganz offensichtlich als schwierig erwiesen hatte.

Sie zupfte Clemens am Ärmel, um ihm von ihrer Entdeckung zu berichten. Doch schon die erste Silbe aus ihrem Mund wurde von ohrenbetäubendem Lärm übertönt. Die Band hatte losgelegt. Der Boden vibrierte, als wäre ein Bombergeschwader im Anflug. Grelle Lichtreflexe rissen Fetzen aus der Dunkelheit. Als Claudine nach oben schaute, sah sie voller Entsetzen, dass an einigen der ehemaligen Lastenhaken Leichenteile hingen. Sicherlich bestanden sie aus Kunststoff und nicht aus Fleisch und Blut. Der Effekt war trotzdem schockierend.

Nach dem Intro begann Untod mit tiefer Stimme zu singen. Die Liedtexte gaben seine üblichen verquasten Ideen wieder.

Während seine Musiker in ihren Ledermänteln schwitzten, war Untod nur unterhalb der Taille bekleidet. Er trug eine orangefarbene Hose aus Leuchtstoff, die er wahrscheinlich einem Straßenarbeiter abgeschwatzt hatte. Sein bleicher, ausgemergelter Oberkörper war nackt und verziert mit dämonisch wirkenden Tattoos. Auf seiner Brust prangten drei Sechsen. 666 – die Zahl des Großen Tiers der Apokalypse.

Sie richtete ihre Aufmerksamkeit auf die übrigen Bandmitglieder. Die malträtierten ihre Instrumente, als gelte es bereits jetzt, das Jüngste Gericht heraufzubeschwören. Die Stimmung im Saal kochte bereits.

„Bin gleich wieder da!“, schrie Claudine ihrem Begleiter ins Ohr und machte sich von ihm los. Sie kämpfte sich durch die Zuschauermasse nach vorne. Was gar nicht so einfach war. Die Menge war völlig aus dem Häuschen und tanzte und hüpfte. Einem unbeabsichtigten Schlag ins Gesicht konnte sie gerade noch ausweichen.

Schließlich trennten sie nur noch wenige Reihen von der Bühne. Aber schon jetzt konnte sie deutlich sehen, dass der Gitarrist einen Mantel anhatte, der vorne am Saum zerfetzt war. Mit Genugtuung dachte sie daran, dass Lotte, Imkes wehrhafte Hundelady, einem der Angreifer ein Andenken aus dem Mantel gebissen hatte.

Sie hatte genug gesehen. Der letzte Beweis war erbracht.

Sie wollte sich gerade zurückziehen, als der Gitarrist seine Bandkollegen mit einem misstönenden Fehlgriff in die Saiten aus dem Takt brachte.

Er starrte auf Claudine: das Wiedererkennen war gegenseitig.

Claudine drehte sich um und drängte zurück nach hinten. Tausend Gedanken wirbelten ihr durch den Kopf. War es Zufall, dass sie hier abermals auf die Schläger traf? Und dass diese sich als Musiker in Untods Band herausstellten? Die Bilder des Abends, als sie mit Imke und Lotte unterwegs gewesen war, brachen wieder über sie herein.

Hatten die drei gewusst, wer sie war? Sie dachte an die Warnung auf Imkes Lieferwagen: BURN BITCH BURN! Hatte man sie unmissverständlich davor warnen wollen, die Nase weiter in fremde Angelegenheiten zu stecken?

Aber das würde ja bedeuten, dass die „Wiedertäufer" tatsächlich etwas mit Feuerwassers Verschwinden zu tun hatten …

„Verzeihung!" Sie hatte einer Frau auf den Fuß getreten.

Bei dem Lärm konnte die Frau die Entschuldigung unmöglich gehört haben. Aber sie hatte schmerzhaft Claudines Ferse zu spüren bekommen und wandte ihr nun das Gesicht zu. Claudine erkannte, dass es sich um die Türmerin handelte.

Die Begegnung schien der Frau peinlich zu sein. Hilfesuchend sah sie sich um. Und neben ihr stand niemand anderes als Jens Meyer-Haferkamp! Er trug eine Schirmmütze und eine Sonnenbrille, daher hatte Claudine einige Sekunden benötigt, ehe sie sich dessen sicher war.

Claudines Blick wanderte von Meyer-Haferkamp zur Türmerin und wieder zurück. Sie verstand das alles nicht. Fand denn hier eine Art Klassentreffen statt?

Gleichzeitig kamen auch die Musiker vollends aus dem Takt. Claudine schaute zur Bühne. Was dort geschah, hatte offensichtlich nichts mit ihr zu tun. Untod gestikulierte wild und deutete in die Menge, auf einen Punkt irgendwo seitlich von ihr. Ein weißer Lichtkegel huschte über das Publikum und fing eine Person ein. Es wirkte wie eine perfekte Inszenierung, als ein einzelner Mann, herausgehoben aus der Masse, wie erstarrt dastand und versuchte, die geblendeten Augen mit den Armen zu schützen.

Feuerwasser!

Die um ihn Herumstehenden wichen immer weiter vor ihm zurück. Er war eine einsame Insel im Meer der vielen Menschen, während Untod von der Bühne herab mit Grabesstimme deklamierte: „Das Totenglöcklein hat geschlagen. Die Toten wurden mitnichten entsorgt auf dem Abfallhaufen der Geschichte, sondern sie erstehen auf!“

Wie aufs Stichwort kam Bewegung in Feuerwasser. Er wirbelte herum und bahnte sich, brutal mit den Fäusten um sich dreschend, einen Weg durch die Menge.

Im ersten Moment war Claudine fassungslos. Dann fühlte sie sich überrumpelt. Und schließlich verspürte sie Wut. Was dachte sich der Kerl eigentlich? Während sie nach ihm fahndete, weil er nicht bei der Vernissage erschienen war, lief der Künstler quietschfidel in der Gegend herum, ohne Kontakt mit ihr aufzunehmen. Claudines Wut richtete sich auch gegen sie selbst: Sie hatte sich reinlegen lassen! Wahrscheinlich steckten alle unter einer Decke. Aus welchem Grund auch immer sie dieses Schmierenstück inszenierten.

Soll dieser Feuerwasser doch bleiben, wo der Pfeffer wächst! *Von jetzt an ohne mich!*, schwor sie sich.

Doch nach kurzem Bedenken siegte ihr Ehrgeiz. Sollte sie wirklich der Queen eingestehen, dass Feuerwasser zwar lebte, sie selbst aber keine blasse Ahnung besaß, warum er die Vernissage in den Sand gesetzt hatte?

Nein, den einen Gefallen schuldete Feuerwasser ihr: er musste ihr dieses Wirrwarr erklären!

Abermals bahnte sie sich den Weg durch die Zuschauermenge. Da sie sich nicht entfernt so rücksichtslos voranpflügte wie Feuerwasser, dauerte es eine Ewigkeit, bis sie endlich außerhalb der Halle stand. Hastig hielt sie Ausschau und sah im letzten Moment, wie der Gesuchte am Ende der Gasse um eine Häuserecke bog.

Hinter sich hörte sie schwere Schritte. Es war Clemens, der ihr nach draußen gefolgt war. Auch er hatte Feuerwasser noch um die Straßenecke verschwinden sehen.

„Hinterher!“, rief Claudine und lief los. Clemens blieb ihr auf den Fersen.

Als sie die Ecke erreichten, an der sie Feuerwasser aus den Augen verloren hatten, sahen sie ihn die Straße entlangeilen. Der Abstand war zwar noch immer groß, hatte sich aber verringert.

„Der rennt zum Hafenbecken!“, erkannte Clemens. Er atmete schwer. Diesmal übernahm er die Führung und holte das Äußerste aus sich heraus. Selbst Claudine hatte jetzt Mühe, mitzuhalten.

Der weit voraus dahineilende Feuerwasser erinnerte an einen taumelnden Schatten. Die Verfolger kamen immer näher.

Dann hörte Claudine einen lauten Ruf.

„Sie Idiot!“

Das war Clemens!

Als Claudine die Mole erreichte, hatte sich Clemens bereits bis auf die Unterhose entkleidet. „Der Irre ist ins Hafenbecken gesprungen!“, schrie er.

„Na und? Du willst doch nicht etwa auch da rein?“ Ein Blick auf die pechschwarze Wasseroberfläche ließ sie gruseln. „Weißt du, wie tief das ist? Und wie kalt? Das ist Selbstmord!“

Aber da sprang Clemens auch schon. Aus dem Nichts erscholl ein lautes Klatschen. Er war ihrem Blick entschwunden. Doch dann hörte sie sein hektisches Japsen. „Ist das eisig!“, schrie er.

Entsetzt trat Claudine an die Molenkante. Da sah sie ihn. Er schwamm ein paar Züge, holte tief Luft und tauchte unter. Sie hielt den Atem an, beugte sich vor und zählte insgeheim die Sekunden. Doch bei dreißig war die Wasseroberfläche noch immer geschlossen, wie ein riesiges dunkles Leichentuch. Im nächsten Moment erklang ein leises Plätschern, und an einer ganz anderen, unerwarteten Stelle war Clemens’ Kopf durch die Wasseroberfläche gebrochen. Er holte tief Luft und tauchte erneut unter.

Claudine griff zum Handy und betätigte die Notruftaste. Mittlerweile waren einige Schaulustige hinzugekommen. Von ihnen war keine große Hilfe zu erwarten.

Clemens tauchte noch drei- oder viermal, dann schwamm er zurück. Er bibberte vor Kälte, als er mit letzter Kraft aus dem Wasser stieg.

In der Ferne war bereits eine Sirene zu hören.

Als Erstes traf ein Rettungswagen mit zwei Sanitätern ein. Während der eine Sani Clemens mit Handtüchern und einer Decke versorgte, berichtete Claudine seinem Kollegen, was geschehen war. Der Sanitäter telefonierte sofort nach Verstärkung.

Nach und nach trudelten weitere Rettungskräfte ein, und endlich wurde auch ein Schlauchboot zu Wasser gelassen. Taucher begannen damit, das Hafenbecken nach dem Ertrunkenen abzusuchen.

Das Geschehen wirkte wie die Dreharbeiten zu einer surrealen *Tatort*-Folge. Aber dies war die grausame Wirklichkeit, dachte Claudine. Grelles Scheinwerferlicht wurde vom dunklen Wasserspiegel zurückgeworfen. Immer wieder tauchten die Männer darin ein. Und jedes Mal, wenn sie in der undurchdringlichen Tiefe verschwunden waren, erschien vor Claudines Augen das Bild von Feuerwasser, wie er ins Hafenbecken gesprungen war. Vielleicht war er noch einige Meter weit geschwommen. Dann hatte ihn entweder die Kraft verlassen, oder die Kälte hatte nach seinem Herzen gegriffen. Sie hoffte, dass er nicht lange hatte leiden müssen. Aber vor ihrem geistigen Auge stand nur einziges Bild: Wie Feuerwasser hinabsank und verzweifelt darum kämpfte, wieder nach oben zu gelangen.

Die Anzahl der Polizisten und Rettungskräfte wurde um ein Vielfaches von der Masse der Gaffer übertroffen. Das war das Bizarrste: Die Leute schienen den Unfall als makabres Event zu genießen. Zwar stand den meisten der Schrecken ins Gesicht geschrieben, aber in vielen Augen erkannte Claudine das gierige Glitzern der Schaulust.

Ein paarmal hatte sie Umschau gehalten, ob auch Fürchtegott und seine Musiker sich unter die Sensationsgeier gemischt hatten, aber sie konnte sie nirgendwo entdecken. Auch Jens Meyer-Haferkamp und die Türmerin suchte sie vergebens. Wahrscheinlich hatten die „Wiedertäufer“ das Konzert nach dem Zwischenfall einfach fortgesetzt.

Ein anderer Mann fiel ihr auf. Auch ihn kannte sie von der verpatzten Vernissage her. Es war der Kerl mit dem düsteren Blick und dem langen Bart. Wie hatte ihn Meyer-Haferkamp noch genannt? Richtig, jetzt fiel es ihr wieder ein: Rasputin.

Die ganze Zeit über standen sie und Clemens dicht beieinander und beobachteten die Bemühungen der Rettungskräfte, die im Grunde nur noch Bergungskräfte waren. Auch den Männern war klar, dass Feuerwasser nur noch tot aufgefunden werden würde.

Claudine spürte, wie Clemens sich bibbernd an sie drückte. Obwohl er längst wieder angezogen und in zwei dicke Decken gehüllt war, hatte er seinen Rettungsversuch nicht unbeschadet überstanden. Als er zum vierten oder fünften Mal einen Niesanfall bekam, entschied Claudine: „Wir gehen jetzt. Du gehörst ins Bett! Mit Wärmflasche!“

„Wenn ich nur wüsste, in welches.“

„Für heute Nacht gehen wir ins Hotel. Zwei Zimmer! Geht auf Firmenkosten.“

Er schüttelte bockig den Kopf. „Ich nehme kein Geld.“

„Dann bezahlst du es eben selbst. Hauptsache, du wärmst dich auf.“

„Klingt gut. Aber ich wüsste etwas, das im Bett die Kälte vertreibt und sich besser anfühlt als jede Wärmflasche …“

„Mach dir bloß keine falschen Hoffnungen!“ Obwohl das eine ziemlich plumpe Anmache von Clemens gewesen war, konnte Claudine ihm deswegen nicht böse sein. Sie betrachtete ihn von der Seite. Sie hätte es Clemens nie offen gestanden, aber sie war durchaus stolz auf seinen zwar unüberlegten, aber doch auch heldenhaften Rettungsversuch. Nun jedoch gab der Held eine durch und durch jammervolle Figur ab. Hoffentlich bekam er zum Lohn nicht noch eine Lungenentzündung.

Auf einmal hatte Claudine das Gefühl, beobachtet zu werden. Sie wandte sich um. Ein Mann trat auf sie zu und reichte ihr die Hand. Claudine erkannte ihn sofort. Es war der unsympathische Kommissar Kehrer.

Höflich ergriff Claudine die dargebotene Rechte. Sie machte den Kommissar mit Clemens bekannt, und dieser berichtete noch einmal, was passiert war. Dabei klapperte er vernehmlich mit den Zähnen.

Kehrer hörte aufmerksam zu, aber er war natürlich schon informiert. „Bitte kommen Sie beide doch morgen in mein Büro“, bat er.

„Warum?“, begehrte Claudine auf. „Wir haben doch Ihren Kollegen schon alles erzählt?“

Kehrer steckte sich eine Pfeife in den Mund und stopfte sie bedächtig. Erst danach ließ er sich herbei, zu antworten: „Sehen Sie, ich glaube noch immer nicht, dass Jean-Claude Feuerwasser tot ist.“

Vor Überraschung vergaß Clemens sogar das Zähneklappern. „Aber ich habe mit eigenen Augen gesehen, wie er hier ins Wasser gesprungen ist!“

„Ja, und Ihre Begleiterin hat beteuert, dass sie den Künstler in einem der Käfige oben an der Lambertikirche gesehen habe. Tod, halb tot, blutend oder wie auch immer.“

„Was wollen Sie damit andeuten?“, fragte Clemens schneidend. „Glauben Sie, ich bin zum Spaß da reingesprungen?“

Bevor er sich in seinem geschwächten Zustand weiter aufregte und womöglich noch eine Dummheit beging, kniff Claudine ihn warnend in den Arm. Kehrer wollte sie doch nur provozieren, das war offensichtlich.

Nachdem Kehrer einige Male an seiner Pfeife gesogen hatte, fuhr er mit diebischem Vergnügen fort: „Der angebliche Blutregen stammt nicht von Feuerwasser.“

„Woher wollen Sie das wissen?“, versetzte Claudine.

„Nun, manchmal arbeiten die Kollegen doch schneller, als man glaubt. Bei den Blutspritzern, die überall auf dem Kirchplatz verteilt wurden, handelte es sich nicht um echtes Blut. Es war Kunstblut, wie man es online über jeden Halloween- oder Karnevalsshop beziehen kann. Spuren des gleichen Kunstbluts haben wir in einem der Käfige sichergestellt. Allerdings ...“

Wieder paffte er genüsslich seine Pfeife. Diesmal verlor Claudine fast die Geduld. Und als Kehrer auch noch begann, mit dem Stopfer im Pfeifenkopf herumzustochern, hätte sie ihm das Gerät am liebsten aus den Fingern gerissen.

„Allerdings ...“, nahm Kehrer schließlich den Faden wieder auf „gibt es da noch eine Ungereimtheit. Ich habe Ihnen erzählt, dass unsere Experten auch Blut gefunden haben, das möglicherweise wirklich von Feuerwasser stammt. Diese Blutspuren stammen ebenfalls aus dem Käfig.“

„Sie wollten noch die B-Probe abwarten“, erinnerte sich Claudine.

„Stimmt, aber unsere B-Probe liegt bereits vor. Gewissermaßen. Die A-Probe stammt immerhin von Feuerwassers Hausarzt.“

„Und was bedeutet das?“, fragte Clemens.

Claudine hörte nicht mehr zu, weil in diesem Moment ein ihr nur zu bekannter Glockenschlag aus ihrem Handy einen Anruf der Queen ankündigte. Wie hatte die Tante nur so schnell von den neuerlichen Ereignissen erfahren? Aber bereits nach den ersten Worten war Claudine klar, dass die Queen etwas ganz anderes auf dem Herzen hatte: „Ich habe noch vergessen, dir mitzuteilen, dass du morgen auf diese verdammte Beerdigungsfeier musst“, teilte ihr ihre Tante mit.

„Wer ist denn noch gestorben?“

„Was heißt noch? Ich spreche von Jean-Claude Feuerwasser. Morgen um 15:00 Uhr findet die Totenfeier statt.“

„Aber wie hat er so schnell … ich meine, wenn er noch lebt …“

„Was redest du nur für einen Unsinn?“, tadelte die Tante sie. „Geh einfach morgen da mal hin, und dann schlagen wir das Kapitel Feuerwasser ein für alle Mal zu.“

Mit einem letzten Gute-Nacht-Gruß unterbrach die Queen die Verbindung.

Kehrer war die Veränderung in Claudines Miene aufgefallen. Er starrte sie an. „War das was Wichtiges?“, fragte er lauernd. „Vielleicht sogar etwas, das ich wissen müsste?“

„Feuerwasser hat seine eigene Totenfeier arrangiert. Und das zu einem Zeitpunkt, an dem er noch gelebt hat“, sagte Claudine. Diese Erkenntnis überschattete ihr Gemüt wie eine große, dunkle Trauerwolke. Ihre Stimme klang brüchig, als sie schließlich fortfuhr: „Aber das bedeutet, dass er von Anfang an vorhatte, sich heute das Leben zu nehmen.“

Clemens nahm sie in den Arm, und sie schmiegte sich an ihn.

Kommissar Kehrer paffte. „Ich wüsste noch mindestens eine weitere Erklärung. Die Totenfeier hat derjenige in Auftrag gegeben, der genau wusste, dass er Feuerwasser heute töten würde.“

Diesmal lächelte er nicht mehr, als er sie ansah.

Kapitel 10:
Rosenmontag, 15:00 Uhr

Ein derart geschmackloses Ambiente für eine Totenfeier hatte Claudine noch nie gesehen. Die Totenfeier fand in den Schauräumen eines Küchenverkäufers statt. Das zumindest war ihr Eindruck während der „Führung“. Doch nachdem sie sich vom anfänglichen Schock erholt hatte, erkannte sie, dass die Küchen „verfremdet“ worden waren.

Bevor die Führung begann, war der Bestatter vor die Versammelten hingetreten und hatte salbungsvoll verkündet: „Der dahingegangene Künstler hat jenen, die dem letzten Akt seines künstlerischen Wirkens heute beiwohnen, besondere Erinnerungsstücke zugedacht.“

Daraufhin hatte seine Assistentin, die ein streng geschnittenes, aber äußerst knapp sitzendes schwarzes Kostüm trug, mit großer Geste ein Bündel roter Halstücher zum Vorschein gebracht.

„Jedes dieser Tücher“, tat der Bestatter kund, „ist vom Künstler eigenhändig mit seinem Monogramm bestickt worden.“

Die Tücher wurden der Assistentin regelrecht aus den Händen gerissen. Da nicht jeder eines abbekam, war ein lautstarker Tumult entstanden. Auch das passte weniger zu einer würdevollen Totenfeier als zu einer billigen Verkaufsveranstaltung.

Claudine hatte betreten zu Boden gesehen … und zu ihren Füßen eines der Tücher entdeckt. Zum Drauftreten war es dann doch zu schade. Sie hatte es aufgehoben und hochgehalten, um es auszuschütteln. Und schon war es ihr von irgendeinem Feuerwasser-Fanatiker entrissen worden.

Nachdem die Aufregung sich gelegt hatte, begann die Führung. Der Bestatter und seine Assistentin geleiteten die Trauergesellschaft durch eine Flucht von Zimmern. Jeder Raum war mit einer nagelneuen Küche ausgestattet.

„Dies ist die Küche des Kapitalismus“, erklärte der Bestatter mit dunkler Stimme. Er öffnete Hängeschränke und Schubladen und sogar die Tür des Kühlschranks und die Klappe des Ofens, aus denen gebündelte Dollarnoten hervorquollen.

„Sind die echt?“, fragte einer der zahlreichen Pressevertreter.

„Sie dürfen sich auf dem Rückweg gerne bedienen. Alles, was der Künstler hinterlässt, spendet er der Allgemeinheit. Nichts ist von Dauer, lautete sein Credo. Am wenigsten der Reichtum.“

Im nächsten Raum erwartete sie „Die Küche des Überflusses“. Es sah aus wie in einem Messie-Haushalt. Alles war vollgestellt mit den verschiedensten Küchenapparaturen und -werkzeugen. Dazwischen häufte sich Verpackungsmüll – Kartons, Dosen, Flaschen und andere Gefäße, die einst Nahrungsmittel enthalten hatten. Aus etlichen quollen Reste hervor. Mit Tesa-Streifen waren scheinbar wahllos Zeitungsfotos hungernder Kinder an den Küchenoberflächen befestigt.

Das ging zwar unter die Haut, aber das Thema hatte Feuerwasser nun auch nicht gerade neu erfunden, wie Claudine fand.

Es folgten vier weitere Räume mit Küchen, die Feuerwasser künstlerisch verfremdet hatte. Claudine erkannte das ein oder andere Fabrikat der Konkurrenz. SCHMIDT Küchen war bisher nicht vertreten.

Das hatte sich der Künstler bis zuletzt aufgespart.

Claudine erkannte das Modell sofort. Die fünfte Küche war eine *Arcos Twin 2*, schneeweiß lackiert, wahrscheinlich eine Sonderanfertigung auf Wunsch des Künstlers. Normalerweise wurde die Küche in Maverick und der Lackfarbe Moody Blue ausgeliefert. Auch der Tisch entsprach nicht dem Standard. Er war viel größer. Nur so konnte er den Sarg tragen, der auf ihm stand.

Die Presseleute knipsten wie wild. Claudine betete, dass keines der Bilder in Zusammenhang mit ihrer Firma in die Zeitungen geriet. Mehr Negativwerbung ging nicht! Aber schließlich war Feuerwasser ja auch kein Werber gewesen, sondern Künstler.

Dennoch hätte sie in diesem Augenblick am liebsten auf dem Absatz kehrtgemacht und wäre nach draußen geflüchtet.

Clemens, der die ganze Zeit an ihrer Seite geblieben war, spürte ihren aufkommenden Ärger und drückte ihr besänftigend die Hand.

„Wir stehen dieses Theater schon irgendwie durch", näselte er gedämpft. Seitdem er heute Morgen an ihrer Seite aufgewacht war, hatte er Schnupfen.

Sie hatten im Kaiserhof am Bahnhof ein Doppelzimmer genommen, denn sie hatten einander noch immer wärmen müssen. Körperlich, aber noch mehr seelisch.

Im Laufe der Führung hatte Claudine viele bekannte Gesichter entdeckt. Meyer-Haferkamp war zur Totenfeier gekommen, die Türmerin, der düster dreinblickende Rasputin … Aber am meisten überraschte es sie, sämtliche Bandmitglieder der „Wiedertäufer" zu erblicken. Zu gern hätte sie ihnen auf den Zahn gefühlt, aber dazu war bisher keine Gelegenheit gewesen.

Plötzlich tippte ihr jemand von hinten auf die Schulter. Zu ihrer Überraschung war es Kommissar Kehrer. Der dunkle Dreiteiler stand ihm ausgezeichnet, wie Claudine fand.

„Sie hier?", wunderte sie sich. „Haben Sie ebenfalls eine Einladung erhalten?"

„Nein, ich schaue mir die Veranstaltung aus beruflichem Interesse an. Immerhin ist es die erste Totenfeier ohne Leiche, die ich erlebe."

„Also war die Suche ergebnislos?"

Kehrer nickte. „Ich komme gerade vom Unglücksort. Es wird weiter gesucht. Aber man hat Feuerwasser noch immer nicht gefunden."

Kehrer liebte es, sich mehrdeutig auszudrücken. Auch jetzt ließ er offen, ob er an Claudines Version glaubte, dass der Mann ins Hafenbecken gesprungen und ertrunken sei.

Er nickte ihr zu. „Vielleicht sehen wir uns später noch." Seine Worte klagen wie eine Drohung. Claudine sah ihm nach, wie er sich in eine der hinteren Reihen verdrückte.

Insgesamt hatten bestimmt hundert Leute eine Einladung erhalten, die Presse nicht mitgerechnet.

Um den überdimensionierten Küchentisch waren Stühle gruppiert. Nur wenige ausgewählte Gäste fanden darauf Platz. Sie setzten sich um den Sarg herum wie eine Tafelgesellschaft, die sich über einen gewaltigen Braten hermachen will. Oder eher über einen riesigen sargförmigen Wackelpudding, denn Feuerwassers Totenlade war grellrot lackiert.

Für die Queen war in der ersten Reihe reserviert. Claudine überließ den Stuhl dem merkbar angeschlagenen Clemens. Kaum saß er, erschreckte er die Tischgesellschaft mit einem explosiven Niesanfall. Sie selbst blieb stehen und suchte nach weiteren bekannten Gesichtern. Hier und da war jemand, den sie auch auf der Vernissage gesehen hatte.

Der Bestatter hielt eine feierliche, aber auch langweilige Rede, in deren Verlauf er fast ausschließlich Feuerwassers Verdienste um die Kunst hervorhob. Als wäre der Mensch Feuerwasser hinter dem Künstler restlos zurückgetreten. Oder als gebe es keinen Anlass, auf die menschliche Seite des Verblichenen einzugehen.

Fast so, als wäre er noch am Leben.

Claudine hatte diesen Gedanken noch nicht ganz zu Ende geführt, als der Sargdeckel sich zu heben begann.

Mehrere Frauen schrien auf. Einer älteren Dame schwanden theatralisch die Sinne. Aber niemand kümmerte sich um sie, dazu war das Geschehen, das sich nun vor aller Augen abspielte, zu spannend.

Wie von Geisterhand bewegt, klappte der Sargdeckel langsam, Zoll um Zoll, nach oben. Doch dann wurde erkennbar, dass es menschliche Arme waren, die von innen den Sarg öffneten. Mit einer letzten Kraftanstrengung kippten sie den Sargdeckel zur Seite. Der hastig herzutretende Bestatter schaffte es gerade noch, den Deckel abzufangen, ehe er den Gästen an der rückwärtigen Tischseite entgegenstürzte.

Langsam und effektheischend setzte der Totgeglaubte sich im Sarg auf. Er trug ein weißes Leichenhemd. Sein Gesicht war bleich gepudert.

Die Assistentin half ihm dabei, aus dem Sarg zu klettern. Auch Meyer-Haferkamp war inzwischen hinzugeeilt. Dessen helfenden Arm schüttelte Feuerwasser jedoch fast unwillig ab.

Aber er war noch sichtlich schwach auf den Beinen. Wer mochte schon sagen, wie lange er in dem Sarg ausgeharrt hatte?

Alles in allem war es ein eher jämmerlicher Auftritt des Künstlers. Und nachdem das Publikum sich vom ersten Schock erholt hatte, wurde allen klar, dass Feuerwasser sein Ableben nur inszeniert hatte.

Aber wie?, fragte sich Claudine. Die Rettungskräfte hatten doch das ganze Hafenbecken nach ihm abgesucht.

Feuerwasser hob theatralisch die Arme in die Höhe, und das Geraune erstarb. Bevor er jedoch anfangen konnte, sich zu erklären, schüttelte ihn ein Hustenanfall. Offensichtlich hatte er sich im Wasser verkühlt.

„Meine Freunde“, hob er schließlich mit heiserer Stimme an zu reden. „Ich danke euch, dass ihr so zahlreich erschienen seid! Und meinen Feinden danke ich selbstverständlich auch. Ich weiß, dass einige unter euch sind, die mich längst schon unter die Erde gewünscht haben. Lasst euch gesagt sein: diesen Gefallen werde ich euch noch lange nicht erweisen!“

Spärlicher Applaus regte sich. Ein paar Buhrufer machten ihr Missfallen deutlich. Einer rief gar „Scharlatan!“

Feuerwassers Stimme wurde lebhafter. „Ja, buht nur, bewerft mich mit Tomaten und mit faulen Eiern. Wirklich große Geister ficht niedrige Missgunst nicht an. Denn es geht nicht um den Menschen, es geht um das Werk! Nicht um den Künstler, sondern um die Kunst!"

Ein solches Statement gerade von ihm, einem der eitelsten Vertreter seines Standes, erstaunte selbst seine Gönner derart, dass der Applaus diesmal ganz ausblieb.

„Der Tod, mein Tod, ist Teil meines Zyklus von Geburt, Leben, Sterben und Wiedergeburt. Nichts davon ist von Dauer, und in immer rasenderem Fall nähern wir uns der endgültigen Vernichtung, die diesen Kreislauf jäh beendet. Auch der Menschheit steht der Aschermittwoch bevor. Und diesmal währt er ewig." In einem fast beiläufig klingenden Tonfall hatte Feuerwasser seine Proklamation begonnen, die letzten Worte hingegen schrie er förmlich hinaus.

Claudine war klar, dass es sich um eine einstudierte Performance handelte. In eigenartigem Singsang fuhr Feuerwasser fort: „Sehet die Küchen der Menschheit! Sehet die Küche der Verschwendung! Sehet die Küche des Überflusses! Sehet die Küche der Apokalypse! Das Totenglöcklein hat geschlagen. Die Toten wurden mitnichten entsorgt auf dem Abfallhaufen der Geschichte, sondern sie erstehen auf!"

Nanu, das war doch der gleiche Spruch, den Untod ins Publikum gerufen hatte, erkannte Claudine.

Im selben Augenblick starrte der Künstler sie entsetzt an. Nein, er meinte gar nicht sie … Er starrte an ihr vorbei. Eine Sekunde später stürzte Feuerwasser zur Hintertür hinaus und war verschwunden.

Claudine drehte sich um. Wer hatte Feuerwasser derart aus der Fassung gebracht? Keiner der hinter ihr stehenden Menschen kam ihr bekannt vor.

Nach mehreren Überraschungssekunden brach Tumult aus. Viele Zuschauer pfiffen und buhten. Das sei ja mal wieder ein „typischer Feuerwasser“ gewesen, hörte Claudine jemanden schimpfen. Und eine andere Stimme lästerte: „Gut, dass dieser Unsinn nicht auch noch Eintritt gekostet hat!“

Claudine drängte sich bis zum Tisch vor. Sie suchte Clemens. Der Stuhl, auf dem er gesessen hatte, war leer.

Kapitel 11:
Rosenmontag, 15:30 Uhr

„Hinterher!“ Das war Clemens’ erster Gedanke, als der Künstler aus dem Hintertürchen entwich. Da steckte doch etwas dahinter! Eben noch hatte Feuerwasser große Reden geschwungen, und jetzt machte er sich überhastet aus dem Staub!

Clemens riss die Tür auf. Dahinter befand sich ein dunkler Gang. Von Feuerwasser war nichts zu sehen. Vergeblich tastete Clemens nach einem Lichtschalter. Und sein Handy mit der Taschenlampen-App hatte er vergessen.

Also gut, dann eben ohne Licht. Irgendwohin musste der Korridor ja führen. Er hatte gerade ein paar vorsichtige Schritte getan, als er ein Geräusch hörte. Im nächsten Moment traf ihn etwas am Schädel, und er sah Sterne.

Wenigstens verlor er nicht die Besinnung. Nach ein paar Sekunden hatte er sich wieder gefangen. Dafür spürte er nun den Schmerz. Er hatte das Gefühl, als würde jemand mit einem Klöppel gegen seine Schläfen hämmern.

Gleichzeitig hörte er verhallende Schritte. Sein Gegner versuchte also davonzukommen. Hatte Feuerwasser ihm hier aufgelauert? Vielleicht hatte er ihn ja für jemand anderen gehalten.

Wie auch immer, die Wut überwog den Schmerz. Clemens lief los. Blindlings stürzte er sich ins Dunkle und nahm die Verfolgung auf.

Plötzlich war voraus ein Lichtschein zu erkennen. Clemens hetzte darauf zu und erreichte eine offenstehende Tür. Sie führte in ein von Sonnenlicht durchflutetes Treppenhaus.

Wieder hörte er die flüchtenden Schritte. Sie erklangen von unten herauf. Sofort eilte er die Stufen hinab.

Als er schließlich am unteren Treppenende ankam und die Haustür aufstieß, glaubte er sich in eine andere Welt versetzt.

Um ihn herum tobte der Karneval.

Auch zuvor schon, auf dem Weg hierher, waren überall kostümierte Menschen unterwegs gewesen. Aber der Eingang, den sie bei der Ankunft benutzt hatten, lag in einer Nebenstraße. Anscheinend hatte es ihn jetzt mitten ins Zentrum des Frohsinns verschlagen. Er versuchte, über die Köpfe der Menschen hinweg zu spähen.

Und dann sah er ihn! Feuerwasser! Der barfuß, vom Leichenhemd umweht, davonlief. Inmitten der Narren fiel er nicht weiter auf. Im Gegenteil. Eher war Clemens falsch gekleidet. In seinem schwarzen Anzug wirkte er wie ein frisch verwitweter Banker. Einen Klecks Farbe verlieh seinem Outfit lediglich das rote Halstuch, das er bei der Bestattungsfeier ergattert hatte.

Er setzte sofort hinterher, aber es war wie verhext. Die Gassen, die die Feiernden für Feuerwasser öffneten, schlossen sich vor Clemens, sobald er herankam.

Vor einer Gruppe, die sich als Hexen und Zombies verkleidet hatte, gab es für ihn dann wirklich kein Weiterkommen mehr. Einige waren angetrunken. Die allermeisten aber waren schlicht sturzbesoffen.

Als das Grüppchen ihn endlich weiterziehen ließ, war der Flüchtende über alle Berge.

Am Prinzipalmarkt entdeckte er Feuerwasser wieder. Der Künstler erweckte noch immer einen panischen Eindruck. Immer wieder schaute er sich gehetzt um.

Clemens schüttelte den Kopf. So ging das nicht weiter. Er würde dem Mann jetzt sagen, dass er nicht vor ihm davonrennen musste. Schließlich war er völlig harmlos.

Er machte einen Schritt nach vorn, als ihm jemand energisch den Weg versperrte. Es war eine Polizistin. „Sind Sie verletzt?“, fragte sie.

„Verletzt? Wie?“ Sein Blick fiel auf die Hand, mit der er sich eben an die Stirn gefasst hatte. Sie war voller Blut. Klar, der Schlag. Komisch, dass er gar nichts mehr spürte. Deswegen hatte er auch nicht mehr daran gedacht. Er musste niesen.

Die Polizistin nahm seinen Arm. „Kommen Sie, da vorne ist ein Rettungswagen …“

Sie zog ihn mit sanfter Gewalt mit sich, aber Clemens riss sich los. Er glaubte gesehen zu haben, dass Feuerwasser unter einen der Mottowagen geraten war. Kurz stoppte der Wagen, rollte dann aber noch einige Meter weiter, ehe er stehen blieb.

Schneller, als er es sich selbst zugetraut hätte, lief Clemens nun ebenfalls mitten auf die Straße. Der Rosenmontagszug war ins Stocken geraten. Um einen der Wagen hatte sich ein Pulk gebildet. Der Wagen hatte inzwischen wieder zurückgesetzt. Ordner und Polizisten strömten herbei.

Endlich hatte Clemens den Wagen erreicht.

Der Mann, der leblos auf der Straße lag, würde das Leichenhemd nicht mehr ausziehen müssen.

Diesmal war Jean-Claude Feuerwasser wirklich tot. Daran gab es für Clemens nicht den geringsten Zweifel. In den aufgerissenen Augen des Toten spiegelte sich noch das Grauen. Die Zunge ragte wie ein zu großer Lappen Fleisch zwischen den Lippen hervor.

Clemens wollte sich zu dem Toten hinunterbeugen. Es war eine instinktive, aber sinnlose Regung, um sich davon zu überzeugen, dass Feuerwasser wirklich nicht mehr lebte. Da spürte er eine Hand auf seiner Schulter. „Bitte rühren Sie hier nichts an.“

Clemens wandte sich um.

Wo kam dieser Kommissar Kehrer auf einmal her? Während sich Clemens langsam aufrichtete, spähte Kehrer mit Adleraugen umher, erfasste jede Einzelheit und jede Person.

Ein paar Meter weiter gab es einen Disput zwischen zwei Ordnungskräften und einer resolut wirkenden jungen Frau mit rotblondem Schopf.

„Lassen Sie Frau Mercier ruhig durch!“, rief Kehrer den beiden Uniformierten zu. „Ich kümmere mich darum.“

Claudine begriff sofort, was geschehen war. Sie sah den Toten, sah Clemens und den Kommissar.

Und doch hatte sie nur Sorge um Clemens. Sie lief ihm entgegen und drückte ihn an sich.

„Ich muss Sie leider bitten, Frau Mercier, sich einen Augenblick lang mir zuzuwenden“, mischte sich Kehrer ein. Das Lächeln war aus seinem Gesicht verschwunden.

Claudine reagierte wie eine Marionette. Sie konnte kaum mehr klar denken. Als sie Kehrer gegenüberstand, sah er ihr bohrend in die Augen.

„Frau Mercier, ich vermisse etwas an Ihnen!“

„Sie … was?“ Sie war völlig verwirrt.

„Jetzt unterlassen Sie doch hier Ihre Verhörmethoden!“, ging Clemens dazwischen. „Sehen Sie nicht, dass diese Frau unter Schock steht?“

Kehrer musterte ihn mit solch steinerner Miene, dass selbst Clemens schwieg.

Der Kommissar wandte sich wieder Claudine zu: „Frau Mercier, Sie müssen sich jetzt für einen Moment konzentrieren. Ich habe Sie gefragt, ob Sie etwas vermissen.“

„Nein, was sollte ich denn vermissen?“ Claudines Miene war ein einziges Fragezeichen.

„Das rote Tuch, das Sie auf der Totenfeier in Empfang genommen haben.“

„Ich … ich habe gar keins abbekommen.“

„Sie lügen! Ich habe mit eigenen Augen gesehen, dass Sie eines in der Hand hielten.“

Man sah deutlich, wie Claudine grübelte. Ihre Stirn schlug Falten. Plötzlich hellte sich ihre Miene auf. „Ach, das meinen Sie. Ja, ich habe solch ein Tuch vom Boden aufgehoben. Aber es wurde mir sofort wieder aus der Hand gerissen.“

Kehrer deutete auf die Leiche. Auch Feuerwasser trug ein rotes Tuch um den Hals. „Ist das vielleicht Ihr Tuch, Frau Mercier?“

„Was wollen Sie damit andeuten?", fuhr sie auf. „Nein, ich sagte ihnen doch gerade, dass ich gar kein Tuch hatte …"

„Gerade eben haben Sie noch zugegeben, dass Sie eines in der Hand hielten."

„Jetzt reicht es wirklich!" Clemens ertrug es nicht länger, sich den Unsinn anzuhören.

Völlig unerwartet verfiel Kehrer ins Brüllen: „Stören Sie mich gefälligst nicht, wenn ich eine Verhaftung vornehme!" Offensichtlich standen auch seine Nerven kurz vor dem Zerreißen.

Inzwischen hatte sich um sie herum eine gewaltige Traube aus Ordnungskräften und Gaffern gebildet.

„Verhaftung?", echote Clemens fassungslos. Weder er noch Claudine konnten glauben, was sie gerade gehört hatten.

„Ich mache es kurz und schmerzlos, Frau Mercier: Hiermit verhafte ich Sie aufgrund des Verdachtes, Herrn Feuerwasser mit Ihrem Halstuch stranguliert zu haben." Kommissar Kehrer zog ein Paar Handschellen hervor und legte sie der völlig verdutzten Claudine an.

Sein zorniger Blick traf Clemens. „Und wenn Sie jetzt nicht die Klappe halten, buchte ich Sie gleich mit ein! Wahrscheinlich stecken Sie beide sowieso unter einer Decke!"

Kapitel 12:
Dienstag, 8:15 Uhr

Obwohl das Frühstücksbüffet im *Kaiserhof* gigantisch und voller kleiner Versuchungen war, brachte Clemens nicht einen Bissen herunter. Er begnügte sich mit einer Tasse Kaffee. Schwarz. So pechschwarz wie seine Gedanken.

Der Rest des gestrigen Tages und die Nacht waren die Hölle gewesen. Weder telefonisch noch sonst wie war er zu Claudine vorgedrungen. Zunächst hatte man ihn noch freundlich abgewiesen, aber mit jedem weiteren seiner Anrufe war die Höflichkeit etwas mehr abgeblättert.

Immerhin hatte ein Anruf bei der Queen bewirkt, dass diese nun im Bilde war und ihn geradezu anflehte, die Sache aufzuklären. Sie selbst schwor, die besten Anwälte einzuschalten, damit Claudine so schnell wie möglich wieder in Freiheit kam.

Dennoch hatte sich Clemens nach dem Anruf noch mieser gefühlt. Offensichtlich hielt die Queen große Stücke auf ihn, aber selten zuvor hatte er sich dieser Hochachtung weniger würdig gefühlt. Als er ohnmächtig zusehen musste, wie Kehrer Claudine die Handschellen anlegte und sie abführte, hatte sein Selbstwertgefühl einen gewaltigen Knacks abbekommen. Und als Claudine sich dann auch noch nach ihm umgewandt und ihm einen um Hilfe flehenden Blick zugeworfen hatte, war er am Boden zerstört gewesen. Am liebsten hätte er sich auf Kehrer gestürzt, ihn niedergeschlagen und Claudine befreit.

Aber dies war nicht der Wilde Westen.

Dies war die Gegenwart, die Wirklichkeit.

„Möchten Sie noch einen Kaffee?“, fragte ihn die freundliche Serviererin. Sie schenkte ihm einen fast mitleidigen Blick. Ein so großer Mann, der morgens keinen Hunger auf all die Köstlichkeiten hatte, musste krank sein. Oder unter Liebeskummer leiden. Wahrscheinlich vermutete sie Letzteres, denn sie setzte hinzu: „Wenn ich Ihnen irgendwie helfen kann …“

„Ja, bestellen Sie mir bitte ein Taxi.“

Er musste laut niesen. Hoffentlich wurde nicht auch noch seine Erkältung schlimmer.

Sein Entschluss war gefasst. Er ertrug die Warterei keine Sekunde länger. Er würde jetzt dorthin fahren, wo man Claudine festhielt. Aber wo war das? Im Polizeipräsidium? Oder hatte man sie bereits in Untersuchungshaft gesteckt?

Egal, er würde es herausfinden. Und er würde das Gebäude nicht verlassen, ehe er mit ihr gesprochen hatte.

Da bimmelte sein Handy. Die Serviererin verzog sich diskret. Das wäre gar nicht nötig gewesen, denn Clemens blendete seine Umgebung völlig aus, als er die Stimme hörte, die ihn beim Namen nannte.

„Claudine!“, schrie er erleichtert. Sämtliche Frühstücksgäste schauten sich nach ihm um. „Du lebst!“

„Nun übertreib mal nicht! Ja, ich sitze in einer Zelle. Aber in einer Einzelzelle, nicht in der Todeszelle. Keine Sorge, mir geht es gut, Herr Kehrer hat sich benommen wie die beamtete Korrektheit in Person. Und ich habe sogar ein wenig geschlafen.“

„Im Gegensatz zu mir. Ich habe die ganze Nacht nur an dich gedacht …“

„Das ist lieb von dir.“

Ein wenig irritierte es ihn schon, dass sie derart reserviert sprach. Aber dann fiel es ihm wie Schuppen von den Augen: Natürlich, dieser Kehrer hörte wahrscheinlich mit!

„Ich wollte gerade zu dir kommen“, sagte er rasch. „Kann ich dir was mitbringen? Was kann ich tun?“ Er wusste selbst, wie aufgeregt er klang, aber es war ihm egal, auch wenn Kehrer alles mitbekam.

„Nein, ich fürchte, man wird dich nicht zu mir lassen. Immerhin stehe ich unter Mordverdacht.“

„Aber warum? Ich verstehe das nicht …“

„So wie es aussieht, ist Feuerwasser mit dem Halstuch erwürgt worden.“

„Na und? Es war doch sein eigenes!“

„Eben nicht. Feuerwasser selbst hat auf seiner eigenen Totenfeier keines getragen. Also muss ihm jemand eines umgelegt und ihn damit erwürgt haben.“

Clemens überlegte. Stimmt, auch er konnte sich nicht erinnern, dass Feuerwasser auf der Flucht ein Halstuch getragen hatte. Das musste auch Kehrer aufgefallen sein. Ein schlauer Fuchs! Aber er hatte die falschen Schlüsse daraus gezogen.

„Aber damit hast du doch nichts zu tun, Liebes. Außerdem bist du gar nicht kräftig genug!“

„Also traust du es mir theoretisch zu!“

„Nein, da hast du mich falsch verstanden. Du könntest keiner Fliege was zuleide tun!“

„Herr Kehrer ist da anderer Ansicht. Immerhin war Feuerwasser ein alter Mann, ich dagegen bin jung und kräftig, so seine Worte. Er ist davon überzeugt, dass sich meine DNA-Spuren auf dem Tuch finden lassen werden.“

„Unsinn. Jedenfalls habe ich mit der Queen gesprochen. Sie wird Anwälte einschalten und dich so schnell wie möglich da rausholen.“

Sie seufzte. „Schön wär’s. Ich habe übrigens auch schon mit ihr gesprochen.“ Dann fuhr sie fort: „Feuerwassers Atelier befindet sich im Hafenviertel.“ Sie nannte eine Adresse. „Du tätest mir und der Queen einen großen Gefallen, wenn du dort mal nach unserer Küche schauen würdest.“

„Nach eurer Küche?“

„Eine Woche vor seinem Tod hat uns Feuerwasser noch eine Küche abgeschwatzt für seine nächste Aktion. Angeblich ein Charité-Event. Wäre doch schade, wenn das gute Stück jetzt, wo er nicht mehr damit arbeiten kann, vergammelt.“

Was wollte sie ihm damit sagen? War das eine verschlüsselte Botschaft? Mittlerweile war er felsenfest davon überzeugt, dass Kehrer mithörte.

„Hm, wird denn nicht derzeit von der Polizei in seinem Atelier das Unterste zuoberst gekehrt?“

„Nein, warum? Sie glauben ja, die Mörderin bereits zu haben. Außerdem hat heute die halbe Münsteraner Polizei dienstfrei. Und die andere Hälfte hat sich krankgemeldet.“

„Verstehe“, sagte Clemens, und doch verstand er nichts.

„Ich muss jetzt leider Schluss machen. Ich … ich liebe dich.“

„Ich dich …“

„… auch!“, wollte er sagen, aber da hatte jemand – wahrscheinlich Kehrer – die Verbindung bereits unterbrochen.

Die Serviererin kam zu ihm an dem Tisch zurück. Anscheinend hatte sie diskret gewartet, bis das Gespräch beendet war. Auch alle übrigen Gäste taten so, als hätten sie nicht gelauscht.

„Ihr Taxi wartet bereits“, teilte sie ihm mit, und Clemens sprang augenblicklich vom Stuhl auf.

Endlich, endlich wusste er, was er zu tun hatte. Er hatte eine Aufgabe zugewiesen bekommen, und die würde er erledigen.

Während er zum Taxi lief, kam er sich ein wenig vor wie Ritter Lancelot, der zu Ehren seiner Geliebten in den Zweikampf zieht.

Das Atelier des toten Künstlers befand sich in einem der schickeren Viertel am Hafen. Es war in einem modernen Gebäude untergebracht und gehörte zu einem verglasten Loft, über dem der strahlendblaue Himmel leuchtete. Im Sommer mussten hier tropische Temperaturen herrschen. Aber wahrscheinlich gab es neben anderem Luxus auch eine Klimaanlage.

Clemens war im Lift bis nach oben geglitten. Er hatte an der Ateliertür geklingelt, und ein hochgewachsener junger Mensch, dessen Latzhose über und über mit Farbe bekleckert war, hatte ihm geöffnet.

Den Pinsel, der die Kleckse mitverursacht hatte, hielt der Jüngling noch in der Hand. Misstrauisch schaute er Clemens an. Dann sagte er: „Polente oder Presse?“

„Weder noch.“ Clemens brachte sein Anliegen vor. Zwar wich das Misstrauen aus den Zügen des Jünglings, aber hereinlassen wollte er den Fremden nicht. „Tut mir leid, aber wir sind noch mitten im Schaffensprozess“, wiegelte er ab.

Wir? Meinte er damit vielleicht den toten Meister?

„Hören Sie, mein Auftraggeber macht sich größte Sorgen, was die eingesetzten Sachwerte betrifft.“

„Keine Angst, die sind bei uns in den besten Händen.“

„Davon würde ich mich gern selbst überzeugen.“

„Ein andermal gern.“ Der Pinselschwinger wollte die Tür zuschlagen, aber Clemens hatte den Fuß dazwischengesetzt. Allerdings musste er sich den Schmerzensschrei verbeißen, als die schwere Tür ihm die Zehen einklemmte.

„Oh je, das wollte ich nicht! Sind Sie verletzt?“ Erschrocken riss der junge Mann die Tür wieder auf. Clemens ergriff die Gelegenheit, um an ihm vorbei über die Schwelle zu humpeln.

„Geht schon“, sagte Clemens. Der Schmerz ließ bereits nach, und er schaute sich um.

Der Jüngling war nicht allein im Atelier. Es gab noch zwei andere. Alle drei trugen vollgekleckste Latzhosen und Malerpinsel und waren offenbar schwer beschäftigt.

Der Jüngling, der zur Tür gegangen war, stand noch einige Sekunden unschlüssig am Fleck, doch dann fand er sich mit Clemens’ Eindringen ab und schloss die Tür hinter ihm.

Clemens stellt sich ihm vor. Der junge Mann hieß Ansgar. Seine beiden Kollegen nannten sich Rüdiger und Roy.

Rüdiger sah aus wie ein zu groß geratenes dickes Kind, das sich gern bunt beschmierte. Die karottenrote Farbe seiner Haare erinnerte Clemens an Pumuckl, nur dass Rüdiger die Haarpracht schulterlang trug und mit einem Stirnband bändigte.

Dagegen wirkte Roy wie ein Muttersöhnchen. Irgendwie sah die verschmierte Malerkontur an seinem schmächtigen Körper aus wie ein Kostüm. Mit seinem akkuraten Haarschnitt wäre er bei den Zeugen Jehovas mit Kusshand aufgenommen worden.

„Kommen Sie schon, ich zeig Ihnen Ihre Küche!“, drängte Ansgar und ging voraus.

Im Loft standen etliche Küchen herum wie Bestandteile übergroßer Puppenstuben. Einer davon gaben die drei Pinselmeister offenbar gerade den letzten künstlerischen Schliff. Es war eine SCHMIDT Küche. Die Flächen waren fingerdick mit Farbe beschmiert und erinnerten Clemens an informelle Kunst.

Als er Ansgar darauf ansprach, reagierte dieser begeistert: „Oh ja, Sie haben es erkannt! Wir gehen natürlich ein paar Schritte weiter als die verschnarchten Urväter der Fünfziger Jahre. Bei uns ist alles eruptiv und spontan – nicht nur die Kunst, sondern auch …“

„… Mord?“

„Wie meinen Sie das?“

„Wie steht's mit Mord?“

„Mord? Ja, es ist furchtbar, was den Meister ereilt hat. Umso wichtiger ist es, dass wir sein Werk fortführen. Und wie Sie sehen, ist die Küche bei uns in den besten Händen. Sobald wir fertig sind, erhält Ihr Auftraggeber selbstverständlich ein Foto davon, und natürlich werden wir ihn über den weiteren Werdegang des Kunstobjekts jederzeit auf dem Laufenden halten. Haben Sie sonst noch Fragen?“

„Ja, wie viel ‚Feuerwasser‘ ist denn überhaupt noch an der Küche dran?“

„Wie meinen Sie das …?“

„Wir haben die Küche nur unter der Bedingung zur Verfügung gestellt, dass Herr Feuerwasser sie persönlich mit seiner Kunst veredelt.“ Das war ein Bluff, mochte aber Wirkung zeigen.

Der brav aussehende Roy schob sich nach vorn. „Na, was meinen Sie denn, wie viel ‚Feuerwasser' Feuerwassers Kunst in den letzten Jahren überhaupt enthielt? Wir waren doch die Dummen, die immer alles in letzter Minute ausbügeln mussten!"

„Roy, lass doch …" Sein Kollege, der dicke Rüdiger, wollte ihn zurückziehen, aber der Geschniegelte ließ sich nicht bremsen. „Ist doch wahr! Wir waren nichts weiter als seine Malerpinsel. *Malerpinsel!* So hat er uns tatsächlich genannt!"

„Rüdiger, kümmere dich um unseren Freund. Roy ist verständlicherweise noch fix und fertig mit den Nerven."

„Bin ich nicht!", widersprach der Genannte. „Feuerwasser hat uns Tag und Nacht schuften lassen, während er in den Galerien den Schampus gesoffen und die Lachsschnittchen gefressen hat." Die Schimpftirade setzte sich fort. Clemens verstand nicht alles, aber doch so viel: Angeblich war Feuerwasser an allem schuld, was dem Malerpinsel seit seiner Geburt widerfahren war. Während des Wutausbruchs schälte der ‚Malerpinsel' sich aus seinem Overall. Nur mit Unterhose bekleidet stand er schließlich vor ihnen. „Jetzt bin ich endlich frei!", triumphierte er.

Seine beiden Kollegen hatten sichtlich betroffen zugesehen. Endlich gelang es Rüdiger, ihn zu beruhigen. Er führte Roy sanft in einen Nebenraum, während dieser zu schluchzen anfing.

Ansgar wandte sich wieder Clemens zu. „Tja, wie ich schon sagte. Die Nerven. Roy war der Lieblingsschüler des Meisters. Und Roy wiederum hing besonders stark an Feuerwasser."

„Das hörte sich aber gerade ganz anders an."

„Nun ja, wir alle sind nervlich am Ende. Neben dem schrecklichen Ableben des Meisters stehen auch existenzielle Fragen im Raum, die uns beschäftigen."

„Sie meinen in künstlerischer Hinsicht?"

„Nein, ich meine Nöte, wirkliche Existenznöte. Wer bezahlt das alles hier weiter? Wir wickeln alle Aufträge ab und hoffen, dass die bestehenden Verträge zumindest eingehalten werden, aber danach …? Wissen Sie, wie viele arbeitslose Künstler es gibt?"

Bevor der Malerpinsel in Selbstmitleid versank, stellte Clemens noch eine Frage, die ihn weit mehr interessierte: „Wussten Sie und Ihre beiden Freunde eigentlich von der Totenfeier?"

„Natürlich. Wir haben sie ja mit dem Meister zusammen vorbereitet. Leider ist dann wohl alles aus dem Ruder gelaufen …"

„Das heißt, sein Abgang war so nicht geplant?"

„Natürlich nicht!"

„Haben Sie denn eine Ahnung, warum er so plötzlich alles hingeschmissen hat und davongelaufen ist?"

„Leider nicht. Aber es wäre nicht das erste Mal, dass der Meister spontanen Eingebungen folgt. Wie gesagt, alles im Sinne der informellen Kunst …"

„Spontan und eruptiv! Und was könnte ihm bei der Leichenfeier für ein brillanter Einfall durch den Kopf geschossen sein?"

„Natürlich nur ein einziger: Erneut am Rad zu drehen!"

„Am Rad zu drehen?"

„Na ja: Zu sterben und erneut aufzuerstehen."

„Sie meinen, er wird sich …"

„… ein weiteres Mal von den Toten erheben, wer weiß das schon?"

Kapitel 13: Dienstag, 13:15 Uhr

„Quatsch, Feuerwasser ist tot, daran gibt's keinen Zweifel!", sagte Claudine. Ebenso wenig Zweifel ließ ihr Tonfall daran, dass sie unzufrieden mit dem Ergebnis von Clemens' Mission war. „Dieser Ansgar hat dir was vorgespielt."

Clemens ließ die Schultern hängen. Doch schon in der nächsten Sekunde ging er zum Gegenangriff über: „Dann hättest du mir eben genau sagen müssen, was ich die Kerle fragen soll!"

„Dann hätte ich ja gleich selbst dorthin gehen können."

Was hatte er sich gefreut! Sie hatte ihn angerufen und gesagt, dass er sie besuchen dürfe. Natürlich nur kurz, aber immerhin! Dann hatte sie ihm eine lange Liste von Dingen aufgeschrieben, die er unbedingt noch besorgen sollte.

Da war er bereits misstrauisch geworden. „Seit wann erlauben sie den Häftlingen Schokotörtchen, Cremant und vierlagiges Toilettenpapier?"

„Ein bisschen Luxus muss eben sein, wenn ich schon auf einer verlausten Matratze liegen muss. Oder gönnst du mir das etwa nicht? Außerdem bin ich nicht im ‚Gefängnis'. Ich sitze hier in einer Arrestzelle im Polizeipräsidium."

„Gefängnis- oder Arrestzelle, was ist denn das für ein Unterschied?"

„Jochen … ich meine, Kommissar Kehrer hat es mir erklärt. Ich hab mir das nicht genau gemerkt. Ist auch egal, Hauptsache, du kommst schnell her!"

Jochen? Hatte er richtig gehört? Was war denn da passiert? Es wurde höchste Zeit, entschied Clemens, dass er mal nach dem Rechten sah!

Bereits bei der Anmeldung hatte er den nächsten Dämpfer bekommen. Er hatte gehofft, die Tüte mit den Einkäufen Claudine persönlich überreichen zu dürfen. Stattdessen nahm ein ziemlich sturer Polizist sie in Empfang und ließ ihn dafür auch noch quittieren.

Ein weiterer Beamter geleitete ihn ins Besucherzimmer. Clemens musste lange warten und wurde bereits ungeduldig, als endlich die Tür aufging und Claudine hereingeführt wurde. Doch unerreichbar für ihn nahm sie hinter einem breiten Tisch, der als Raumteiler diente, Platz. Der Beamte, der sie begleitete, drehte sich zwar um und schaute demonstrativ aus dem Fenster, aber er hörte natürlich jedes Wort mit.

„Warum sollte ich diesen Malerpinseln überhaupt einen Besuch abstatten?", fragte er nun.

„Weil ich nach einigem Nachdenken auf einen Widerspruch gestoßen bin", sagte Claudine. „Und zum Nachdenken hatte ich hier ausreichend Zeit. Also: Diese drei sogenannten Malerpinsel waren bei der Totenfeier definitiv nicht anwesend."

Clemens dachte nach. Ja, das stimmte. Ihm zumindest waren die drei nicht aufgefallen. Um sich keine Blöße zu geben, sagte er: „Warum sollten sie auch? Sie waren, so haben sie mir erzählt, ja bloß seine Assis. Er hat sie wohl nicht sehr gut behandelt. Sie schwärmen zwar von ihm als Künstler, aber menschlich gesehen kommt er bei ihnen als ein richtiges Arschloch weg."

„Schön und gut, aber bei der angekündigten Vernissage vor der Lambertikirche standen sie im Publikum. Kommissar Kehrer hat mir Fotos vorgelegt. An die drei kann ich mich erinnern. Wo waren sie aber während der Totenfeier?"

„Na ja, wahrscheinlich im Atelier, vermute ich mal."

„Gefragt hast du sie natürlich nicht?" Das klang schon wieder wie ein Vorwurf.

„Mach mal halblang, Claudine! Ich bin doch nicht Kommissar Kehrer! Ich kann die Jungs doch nicht verhören!"

„Du leider nicht", sagte sie schnippisch. „Jochen ist übrigens ein sehr kultivierter und feinsinniger Mensch. Und sein analytischer Verstand ist bewundernswert."

Nach dieser Bemerkung verlief die Unterhaltung recht einsilbig. Clemens war beinahe froh, als der Uniformierte demonstrativ auf die Uhr sah und sagte: „Bitte, die Herrschaften, noch zwei Minuten."

„Die benötigen wir nicht, wir sind fertig", sagte Claudine, und Clemens verließ mit hängenden Schultern den Raum.

Kehrer musste ihr den Kopf gewaschen haben! Und was sollte das mit den sogenannten Malerpinseln? Die drei Burschen waren doch selbst die Verlierer. Ohne ihren Meister würden sie bald auf der Straße stehen und ihr Geld mit Graffiti verdienen müssen.

„Halt!", tönte da eine Stimme hinter ihm. Clemens war so sehr in seine finsteren Gedanken versunken, dass er zusammenzuckte. Als er sich umdrehte, stand wieder der Uniformierte da.

„Meinen Sie etwa mich?"

„Sehen Sie hier sonst noch jemanden?"

Clemens atmete tief durch. Dann fragte er so ungezwungen wie möglich: „Wollen Sie mich jetzt etwa auch verhaften?" Er streckte dem Beamten die Handgelenke entgegen.

„Vielleicht später. Kommissar Kehrer will Sie sprechen!"

Clemens zuckte die Achseln und folgte dem Beamten.

Kehrer sah wie immer wie aus dem Ei gepellt aus. Allerdings übertrieb er heute etwas, wie Clemens fand. Seit wann trugen Kriminalbeamte im Dienst ein adrett gefaltetes Brusttuch? Auch das aufdringliche After-Shave, das Clemens unzweifelhaft als Alt-Innsbruck identifizierte, erschien ihm unpassend. Der Duft schwängerte das gesamte Büro.

„Setzen Sie sich bitte, einen Moment, Herr, äh, Moliere." Kehrer hatte auf seine Notizen geschaut. Jetzt schüttelte er den Kopf. „Fehlt da nicht etwas?"

„Wenn Sie den Akzent über dem ‚e' meinen, nein. Mein Name ist Clemens Moliere. Ohne *Accent grave*. Der wurde im Laufe der Jahre abgeschliffen."

„Und Sie wohnen in Hamburg. Dafür treiben Sie sich aber in letzter Zeit ziemlich oft woanders herum."

„Das bringt mein Beruf so mit sich. Ich bin Restaurantkritiker."

„Und Gelegenheitsdetektiv, wie ich in Erfahrung bringen konnte."

Das hatte ihm wahrscheinlich Claudine gesteckt. „Na ja, ich war eine Zeit lang als Versicherungsdetektiv tätig. Unter anderem. Restaurantbesuche sind leider sehr kostspielig."

„Sicherlich haben Sie eine Ahnung, weshalb ich Sie in mein Büro gebeten habe?"

Clemens dachte nach. „Nein", sagte er schließlich.

„Ich habe mich mittlerweile gründlich mit Claudine unterhalten können. Sie ist sehr, nun, kooperationswillig."

„Soso."

„Unter uns, ich glaube nicht, dass sie den Mord begangen hat."

„Warum lassen Sie sie dann nicht gehen?"

„Mir sind die Hände gebunden, leider. Die Vorschriften, Sie verstehen?"

„Nein, das verstehe ich nicht."

„Ich habe Claudine in der Nähe einer frischen Leiche aufgegriffen. Und sie hat keinen festen Wohnsitz. Ich habe sie jedoch damit trösten können, dass es nur eine Frage der Zeit ist, bis sie wieder auf freien Fuß kommt. Allerdings sieht die Zukunft nicht rosig für die junge Dame aus."

„Weshalb?"

„Das Tuch, mit dem Kehrer stranguliert wurde, stammt unzweifelhaft von Claudine …"

„Unsinn, sie …"

Kehrer brachte ihn mit einer Handbewegung zum Schweigen. „Ich weiß, sie hat mir erzählt, dass sie es vom Boden aufgehoben hat und es ihr dann entrissen wurde. Sie weiß nicht, von wem. Ich glaube ihr, dass es sich so zugetragen hat. Aber es gibt keine Zeugen, die das bestätigen könnten. Und das Dumme ist, dass sich ihre DNA-Spuren auf dem Tuch befinden."

„Dann bezeuge ich eben, dass es so war, wie Claudine behauptet", sagte Clemens trotzig.

„Auch unter Eid? Ich erinnere mich, dass Sie in der ersten Reihe gesessen haben. Allein."

„Vielen Dank. Wenn Sie schon alles wissen, was wollen Sie dann überhaupt noch von mir? Mich aufs Glatteis führen?"

Kehrer druckste herum. „Was macht eigentlich Ihre Erkältung?", fragte er schließlich.

Clemens musste niesen. Das reichte als Antwort.

„Verstehe", sagte Kehrer. „Und wie geht es Ihrem Kopf?"

Unwillkürlich fuhr sich Clemens an die Stirn. Die Wunde war nur oberflächlich gewesen und inzwischen fast wieder verheilt. Noch am Rosenmontag hatte er seine Aussage zu Papier gebracht. Die lag Kehrer sicherlich vor.

„Das geht schon", erwiderte er. „Feuerwasser hat nicht fest zugeschlagen. Er ist ja ein alter Mann."

„Sie sahen wie ein abgestochenes Schwein aus", sagte Kehrer grob. „Eigentlich dachte ich, dass Sie irgendwie mit Feuerwassers Tod zu tun hätten, aber es befindet sich keine Spur Ihres Blutes an dem Toten."

„Da bin ich aber beruhigt. Haben Sie sonst noch Fragen?"

„Ja, eine noch: Wie stehen Sie zu Frau Mercier?"

„Wie meinen Sie das denn?"

„Ich meine, sind sie verlobt miteinander, befreundet? Vielleicht sogar intim befreundet?"

Diese Frage ging nun wirklich zu weit. Mit diebischem Vergnügen behauptete Clemens: „Wir sind so gut wie verheiratet."

Und mit Genugtuung sah er, wie sich Kehrers Miene von einem Moment auf den anderen verdüsterte.

„Sie dürfen jetzt gehen", sagte Kehrer mit tonloser Stimme.

„Aber mit Vergnügen." Clemens erhob sich. Da fiel sein Blick auf ein großformatiges Foto, das hinter Kehrers Rücken an einer Pinnwand hing. Es zeigte ein halbabstraktes Gemälde. Auf jeden Fall konnte man eine nackte Frau erkennen. Etwas daran faszinierte Clemens. Und ein ganz besonderes Detail erinnerte ihn an etwas …

„Warum starren Sie mich so an?" Kehrer runzelte die Stirn.

„Ich starre nicht Sie an, sondern das Foto hinter Ihnen."

Kehrer drehte sich um. „Tja, das ist noch so ein sonderbarer Aspekt in dieser verzwackten Geschichte. Wissen Sie, welcher Künstler das fabriziert hat?"

„Sie meinen, die Gemälde stammen von Feuerwasser?"

„Die Originale, ja. Sie sind irgendwann während des Wochenendes aus seinem Atelier gestohlen worden."

„Wer behauptet das?"

„Seine drei Assistenten. Als sie heute Morgen zum ersten Mal seit dem vergangenen Freitag wieder das Atelier betraten, waren die Bilder verschwunden."

„Dann ist es doch eindeutig: Der Mord an Feuerwasser hängt mit dem Kunstraub zusammen!"

„Wenn das so einfach wäre … Warum sollte jemand die Bilder stehlen? Feuerwassers Malerei verkauft sich nicht. Auf dem Kunstmarkt gilt er als Event- und Objektkünstler. Damit macht er sein Geld."

Während Kehrer redete, musterte Clemens erneut das besagte Bild. Und dann begriff er den Zusammenhang. Wenn das halbabstrakte Gebilde auf dem Gemälde wirklich eine nackte Frau sein sollte, dann hatte der Künstler sie mit einem roten Fleck auf dem Bein dargestellt. Ein Feuermal? Claudine hatte ihm beiläufig erzählt, dass ihr bei der Türmerin ein Feuermal aufgefallen war. Jetzt rasten seine Gedanken. Was wäre, wenn … wenn Feuerwasser tatsächlich die Türmerin als Aktmodell erkoren hatte? Ergab sich daraus vielleicht ein Motiv, ihn zu ermorden?

Kapitel 14:
Dienstag, 20:25 Uhr

Selten hatte sich Clemens derart in Geduld üben müssen. Nach ein paar Telefonaten war klar, dass ihm von den Angestellten der Stadt niemand freiwillig die Privatadresse der Türmerin geben würde. Also stand er schließlich vor der Lambertikirche und wartete auf sie. Zuvor hatte er stundenlang in sämtlichen Cafés der Münsteraner Innenstadt gesessen und sich durch die Desserts probiert. Als Testsieger kamen gleich zwei Cafés infrage. Er würde unbedingt in den nächsten Tagen noch einen Stichtest durchführen müssen, um für sich den Sieger zu küren. Als professioneller Restaurantkritiker war er im Moment zwar nicht unterwegs, aber es bereitete ihm auch privat Vergnügen, das jeweils Beste seiner Art in jeder Stadt zu erschmecken. Solange er überhaupt noch schmecken konnte. Seine Erkältung war nicht besser geworden. Und trotz des strahlenden Sonnenscheins fror er.

Zum hundertsten Mal schaute er auf die Uhr. Es war fast halb neun. Also musste die Türmerin sich doch bald blicken lassen.

Und da kam sie auch schon flotten Schrittes heranspaziert! Clemens erkannte sie sogleich am pechschwarzen Schopf. Als sie die Tür zum Turm aufschloss, sprach er sie von hinten an. „Frau Mimigernaford?“

Erschrocken fuhr sie herum und musterte ihn misstrauisch. Schließlich sagte sie: „Irgendwoher kenne ich Sie.“

„Mein Name ist Moliere. Clemens Moliere. Ich war auf der Totenfeier …“

„Ach ja, ich erinnere mich. Sie kamen mit Claudine.“

„Ja, Claudine und ich versuchen …“ Er rang nach Worten. Dann brachte ihn ein Niesanfall völlig aus dem Konzept.

„Gesundheit“, sagte sie. „Sie sollten sich lieber ins Bett legen, so wie Sie aussehen. Entschuldigung, aber ich muss jetzt wirklich meinen Dienst antreten.“

Sie sperrte die Tür auf und wollte hindurchhuschen.

„Einen Augenblick noch!“, hielt Clemens sie auf. „Ich habe doch nur ein paar Fragen an Sie!“

Sie schaute über die Schulter zurück. „Sind Sie etwa von der Polizei? Ich habe doch meine Anzeige zurückgezogen.“

„Nein, aber Claudine sitzt in Haft. Natürlich unschuldig. Und deshalb muss ich wissen, was wirklich passiert ist …“

„Das kann ich Ihnen leider auch nicht sagen, Herr Moliere. Die Sache mit Ihrer Partnerin tut mir leid, aber was soll ich tun?“

„Mir zum Beispiel sagen, in welchem Verhältnis Sie zu Herrn Feuerwasser standen.“

Die Türmerin versteifte sich. „Was wollen Sie damit andeuten?“

„Immerhin standen Sie ihm als Aktmodell zur Verfügung.“

„Woher wissen Sie das?“ Plötzlich wirkte sie fahrig. Sie ließ die Blicke schweifen, als fürchte sie, jemand könne das Gespräch mithören. Dann sagte sie: „Also schön, kommen Sie mit hoch. Das ist nichts, was man auf der Straße bespricht. Außerdem muss ich nun wirklich den Dienst antreten.“

„Wie hoch ist ‚hoch‘ in diesem Fall?“ Clemens schwante Übles.

„Bis hinauf in meine Turmstube natürlich. Also kommen Sie schon!“

Sie hielt ihm die Tür auf, die sie, nachdem er eingetreten war, wieder zusperrte.

Als Clemens die steile Treppe sah, die ihn erwartete, fragte er entsetzt: „Wie viele Stufen sind es denn?“

„Zweihundertachtundneunzig. Aber das schaffen auch Sie, da bin ich mir sicher.“

Clemens bekam sogleich einen Niesanfall.

„Ich geh dann schon mal vor“, entschied die Türmerin.

Clemens ließ ihr genügend Vorsprung, um ihr unbeobachtet folgen zu können. Dann setzte er selbst den ersten

Fuß auf die Treppe. Vielleicht hätte er doch auf die eine oder andere Dessertprobe verzichten sollen.

Als er fünfzehn Minuten nach ihr endlich in der Turmstube ankam, war er nass vor Schweiß und völlig fertig. Vollkommen erledigt.

Die Türmerin sah ihn skeptisch an. „Sie sind ja schlimmer dran als ich dachte. Haben Sie Fieber oder sonst was?“

„‚Oder was‘ ist gut.“

Sie hatte inzwischen einen Tee zubereitet und bot ihm eine Tasse an. Ein kaltes Bier wäre ihm jetzt lieber gewesen.

Schließlich saßen sie einander gegenüber. „So, jetzt noch mal ganz von vorn“, sagte die Türmerin. „Was haben Sie da von einem Bild erzählt?“

Clemens erklärte es ihr.

„Also gut, ich habe keinen Grund, die Affäre zu verheimlichen. Jean-Claude hat mir seit Jahren schöne Augen gemacht. Und irgendwann, na ja, ist es eben passiert.“

„Sie hatten eine Affäre mit ihm?“

„Ein halbes Jahr lang. Aber ich war nicht die Einzige für ihn. Er brauchte ständig neue Musen. Er hat mich gemalt, ja. Aber sobald das Bild fertig war, hat er jegliches Interesse an mir verloren. Eigentlich war ich ganz froh darüber.“

„Und das war’s?“ Clemens war enttäuscht. Für diese kargen Auskünfte hatte er sich hier hochgequält? „Das Bild hat er aber behalten, oder?“

„Leider.“ Sie pustete in ihren Tee. „Ich war nicht gerade erbaut davon, als eine Feuerwasser-Muse für ewig auf Leinwand gebannt zu sein. Ich bin zwar auf dem Bild kaum wiederzuerkennen, aber irgendwie unangenehm war es mir trotzdem.“ Sie nippte an der Tasse und kräuselte die Lippen. Der Tee war noch zu heiß. Dann sagte sie: „Wie haben Sie es überhaupt herausbekommen?“

Clemens erzählte es ihr, und die Türmerin lächelte. „Ja, Jean-Claude war ganz vernarrt in das Feuermal. Er versicherte mir, dass es eine ganz besondere Auszeichnung für mich sei. In früheren Zeiten habe es die Hexen geziert. Als Mal des Teufels. Jedenfalls wollte ich das Bild haben, als unsere Beziehung zerbrach. Aber Jean-Claude dachte nicht daran, es herzugeben. Er gebärdete sich geradezu eifersüchtig. Wenn nicht ihm, erklärte er, dann sollte es niemandem gehören! Er versprach mir, das Bild zu vernichten."

„Und? Hat er es vernichtet?"

„Davon bin ich ausgegangen. Aber dann hat mein Bruder das Bild in einer Ausstellung entdeckt. Auch er hat mich sofort darauf erkannt. Er hat einen regelrechten Wutanfall bekommen. Jean-Claude habe mich mit der Zurschaustellung meiner Nacktheit entehrt – und damit die ganze Familie. Aus Sicht meines Bruders ist das so. Wissen Sie, er ist eigentlich nur mein Halbbruder. Seine Mutter stammt aus dem Kaukasus, dem russischen Teil."

„Dürfte ich fragen, wie Ihr Bruder heißt?"

„Michael. Michael Mimigernaford. Aber jeder hier in Münster kennt ihn nur unter dem Namen Rasputin."

Kapitel 15:
Mittwoch, 10:00 Uhr

Pünktlich um zehn stand Clemens vor dem Polizeipräsidium. Eine halbe Stunde zuvor hatte Claudine ihm am Telefon mitgeteilt, dass man sie auf freien Fuß setzen würde. Die Queen hatte die Kaution gestellt.

Als sie ihm nun entgegenlief und in die Arme fiel, war sie wieder ganz die alte. Trotzdem traute er dem Frieden noch nicht. Auch jetzt musste sie erst einmal von „Jochen" erzählen. Eher beiläufig erkundigte sie sich nach seiner Erkältung.

„Übel, ganz übel", holte er aus, „eigentlich müsste ich im Bett liegen und …"

„Eine gute Idee. Und wie geht's deinem Kopf?"

„Ich hab noch immer Schädelsausen."

„Vielleicht solltest du mal einen Arzt aufsuchen. Hör zu, ich meine das ernst! Du überlässt die ganze Sache jetzt einfach der Polizei."

„Deinem Jochen, meinst du wohl?"

Sie lachte. „Du bist doch nicht etwa eifersüchtig? Dazu hast du keinen Grund. Und im Übrigen auch kein Recht!", fügte sie streng hinzu.

Sie hatten inzwischen das wartende Taxi erreicht. Ohne Begeisterung erzählte ihr Clemens, was er von der Türmerin erfahren hatte.

„Das ist ja sensationell!", rief Claudine aufgekratzt. Kaum wieder in Freiheit nach dem Zwangsaufenthalt in der Gefängniszelle barst sie förmlich vor Tatendrang: „Ich glaube, wir sollten doch nicht alles Jochen überlassen. Was hältst du davon, wenn wir uns diesen Rasputin mal genauer ansehen? Immerhin war er jedes Mal in der Nähe, wenn im Zusammenhang mit Feuerwasser etwas passierte. Außerdem ist mir der Mann unheimlich. Und er hat ein Motiv!"

„Aber wenn er das Bild gestohlen hat, aus welchem Grund sollte er dann noch Feuerwasser umbringen?"

„Weil er so verbohrt ist, dass er die künstlerische ‚Schändung‘ seiner Schwester nur durch einen Rachemord aus der Welt schaffen konnte. Weißt du eigentlich, wo er wohnt?“

„Leider nicht.“

„Aber ich“, mischte sich der Taxifahrer ein, dem nie entging, was seine Fahrgäste sprachen. „Den Rasputin kennt hier jeder, der ist genauso eine Instanz wie das Pinkus. Und deshalb haust er auch direkt darunter.“

Etwas später standen sie leicht unschlüssig vor dem Bierlokal. Sie mussten einmal um die Hausecke biegen, um schließlich auf ein Klingelschild mit dem Namen des Gesuchten zu stoßen. Die Haustür stand offen, also schlüpften sie hindurch.

Eine Treppe führte in den Keller. Dort unten irgendwo musste Rasputin wohnen. Als sie schließlich vor seiner Tür standen, hielt Clemens vergeblich nach einer Klingel Ausschau. Schließlich klopfte er an.

Ein lautes „Herein!“ aus dem Inneren der Wohnung war die Antwort.

Clemens drückte die Klinke hinab und die Tür ging auf. Er blickte in ein halbdunkles Labyrinth aus Möbeln, Bildern, Farbtöpfen, Flaschen und einem Sammelsurium weiterer Gegenstände.

Rasputin saß zusammengesunken in einem Sessel und sah ihnen entgegen. In der Hand hielt er eine halb leere Wodkaflasche.

„Ich kenne euch!“, sagte er, ohne sie zu begrüßen. „Ihr verfolgt mich doch schon seit Tagen!“

Clemens stellte sich und Claudine vor. Dann fügte er hinzu: „Wir haben Sie nicht verfolgt, Herr Ra …, Herr Mimigernaford. Es ist vielmehr so, dass Jean-Claude Feuerwasser auf uns alle eine gewisse Anziehungskraft ausgeübt hat.“

„Reden Sie nicht so geschwollen. Was wollen Sie von mir?“

„Wir sind auf der Suche nach einem Bild …“

Rasputin vollführte eine weit ausholende Handbewegung. „Suchen Sie sich eines aus! Hauptsache, Sie zahlen gut.“

„Nein, wir meinen ein bestimmtes Bild“, mischte sich Claudine ein. „Ein Bild, das Ihr Kollege Feuerwasser gemalt hat.“

Rasputin sprang auf und drohte mit der Flasche. „Raus! Aber sofort!“, brüllte er.

Claudine wich nicht einen Zentimeter vor ihm zurück. „Sie wissen, um welches Bild es sich handelt, nicht wahr? Das Bild, auf dem Ihre Schwester Maggy abgebildet ist. Nackt!“

Rasputin schrie auf wie ein waidwunder Hirsch. Voller Wut warf er die Flasche gegen die Wand. Rasputin drehte sich wie ein Derwisch um die eigene Achse, dann bückte er sich blitzschnell und zog einen altertümlichen Revolver unter dem Sesselkissen hervor.

Er richtete die Mündung direkt auf Claudine.

Claudine kniff die Augen zusammen.

Clemens reagierte blitzschnell. Er trat zwischen die beiden und schrie: „Sie sind doch verrückt!“ Dabei versuchte er, den Arm des Betrunkenen hochzureißen.

Rasputin drückte ab.

Der Schuss löste sich aus der altertümlichen Waffe. Clemens schrie auf.

Er fiel vornüber, drehte den Kopf und sah, wie Rasputin vorsprang und Claudine zur Seite schubste. Wahrscheinlich wollte der Irre flüchten.

Clemens nahm sämtliche Kräfte zusammen, hievte sich hoch und warf sich dem Flüchtenden in den Rücken. Beide gingen zu Boden. Der Trunkene entwickelte Bärenkräfte, aber Clemens drückte ihn mit seinem gesamten Gewicht nieder. Das Überraschungsmoment war auf Clemens’ Seite gewesen. Dennoch leistete Rasputin nach wie vor Widerstand. Er schrie, drohte und spuckte.

Bis Claudine mit kalter Stimme sagte: „Entweder Sie geben jetzt auf, oder ich drücke ab!“

Sie hatte den Revolver aufgehoben und umklammerte den Griff mit beiden Händen. Dabei hielt sie die Waffe so, wie sie es aus Filmen kannte, mit durchgedrückten Armen auf den Wütenden gerichtet. Auf die kurze Entfernung musste die Kugel, die aus der Mündung jagte, Rasputin mitten ins Knie treffen.

Kapitel 16:
Mittwoch, 10:45 Uhr

„Sie hätten doch nicht wirklich abgedrückt, oder?“, vergewisserte sich Rasputin.

Der Mann hatte sich als erstaunlich folgsam erwiesen. Die Drohung, ihn wegen Mordversuchs anzuzeigen, hatte ihn noch zahmer werden lassen. Angeblich hatte er gar nicht gewusst, dass die Waffe, die seinem Vater gehört hatte, überhaupt geladen war.

Nachdem er eine ganze Kanne Tee getrunken hatte, war er sogar wieder halbwegs nüchtern. Sie saßen in Rasputins Rumpelkammer und versuchten, einigermaßen höflich miteinander zu reden. Vor allen Dingen für Rasputin war das eine Herausforderung.

„Doch, das hätte ich“, beantwortete Claudine seine Frage, „aber ich hätte Ihnen nur in den Fuß geschossen.“

Sie wandte sich an Clemens. „Wie geht es deiner Verletzung?“

Die Kugel hatte Clemens nur gestreift, und die „Verletzung“ war eher ein Kratzer am Fußgelenk. „Ich habe zwei Paar dicke Socken an, die haben den Streifschuss gedämpft“, erklärte er. Wieder musste er niesen.

„Trotzdem, so geht das nicht!“, sprach Claudine mit strenger Stimme zu Rasputin. „Mich so einfach mit einer Schusswaffe zu bedrohen, Herr Mimigernaford.“

„Ich sagte doch, es war ein Versehen! Ich habe noch nie auf einen Menschen gezielt und werde es auch nie wieder tun. Ich schwöre es, bei meiner Mutter“, erwiderte Rasputin.

Erst jetzt war Claudine zufrieden. Mit einem Lächeln sagte sie: „Und damit Sie gar nicht erst in Versuchung kommen, stecke ich das fürchterliche Ding ein.“ Nahm es und packte es in ihre Tasche.

„Aber es ist ein Erbstück!“

„Das hätten Sie sich vorher überlegen sollen. Sie können aber Pluspunkte sammeln, indem Sie uns endlich erzählen, weshalb Sie Feuerwasser umgebracht haben.“

„Ich soll … was soll ich getan haben?“ Der verblüffte Gesichtsausdruck wirkte dermaßen echt, dass nur ein wahrhaft genialer Mime ihn hätte schauspielern können.

„Sie haben ihn gehasst, geben Sie es doch zu!“

„Na und? Wenn sie jeden einsperren wollten, der Hass im Herzen trägt, müssten Sie halb Münster wegschließen.“

„Was hat er Ihnen getan?“

Rasputin machte eine ausgreifende, allumfassende Geste mit dem Arm. „Er hat mich beklaut. Die besten Ideen und kreativsten Entwürfe hat er mir geklaut und für seine eigenen ausgegeben.“

„Sie sprechen von Plagiat?“, forschte Clemens.

„Nein, von Ausnutzung. Er hat mich dafür bezahlt, der Schweinehund!“

„Herr Mimigernaford, lassen Sie sich doch nicht jedes einzelne Wort aus der Nase ziehen. Erzählen Sie uns die Geschichte doch mal von Anfang an“, schlug Claudine vor.

Rasputin sah verlangend zu seinem Revolver. Dann holte er tief Luft und fing an zu erzählen. „Es war so“, begann er: „Vor einigen Jahren trieb sich Feuerwasser auf einer meiner Ausstellungen herum. Er schmierte mir Honig um den Bart und bot mir an, für ihn zu arbeiten. Damals war ich ziemlich klamm, müssen Sie wissen … Ich nahm den Job an und dachte mir, na ja, mach das halt ein paar Monate, dann hast du erst mal genug Kohle. Doch es wurden Jahre daraus. Feuerwasser ist nämlich raffiniert darin, einen mit Versprechungen bei der Stange zu halten. Er wollte mich in Paris und London ganz groß rausbringen. Und außerdem versorgte er mich immer mit Schnaps. Wo die fünf Jahre geblieben sind, weiß ich nicht …“

„Fünf Jahre waren Sie bei ihm!“, entfuhr es Clemens.

„Ja, fünf lange Jahre war ich sein Sklave. Malerpinsel hat er mich genannt. Und ich war nicht der Einzige, der ihm auf den Leim ging. Er hatte immer drei oder vier Malerpinsel um sich herum. Wenn einer keine Ideen mehr hatte oder unter seiner Diktatur ein menschliches und künstlerisches Wrack geworden war, wurde er vom Meister persönlich per Arschtritt rausgekickt."

Rasputin straffte sich. „Aber mich hat er nicht rausgeschmissen! Ich bin schließlich von selbst gegangen. So viel Stolz hatte ich noch. Feuerwasser war außer sich vor Wut. Er drohte mir damit, mich fertigzumachen – in jeder Hinsicht. Wissen Sie, er hatte mit jedem Malerpinsel einen Knebelvertrag geschlossen. Darin war alles haargenau festgelegt: Wie viele Ideen wir zu liefern hatten. Wer die Rechte daran hatte und so weiter."

Er schenkte sich eine weitere Tasse Tee ein. „Sie auch?", fragte er seine Gäste.

Der Tee war so schwarz und stark, dass er an Lakritz erinnerte.

„Nein danke", sagten beide unisono. „Einen Kamillentee vielleicht", setzte Clemens hinzu und unterstrich den Wunsch mit einem lauten Nieser.

„Weibergesöff hab ich nicht im Haus", sagte Rasputin. „Ich bin Junggeselle. Aus Überzeugung."

„Das glaube ich Ihnen nicht. Wer lebt schon aus Überzeugung gern allein?" Claudine sprach aus eigener Erfahrung. „Und außerdem: Was ist mit Ihrer Schwester? Kommt die Sie nicht ab und zu besuchen?"

„Was wissen Sie denn von meiner Schwester?", fuhr er auf. Claudine hatte ihn sichtlich kalt erwischt.

„Sie hat uns erzählt, dass Feuerwasser sie gemalt habe und Sie deswegen ziemlich erbost waren."

„Dieser Mistkerl!", schimpfte Rasputin. „Dieses Dreckschwein!". Er war so außer sich, dass er die Hälfte des Tasseninhalts verschüttete. „Er hat mich und Maggy einmal auf dem Markt getroffen und ihr sofort schöne Augen gemacht, der Hund! Als er dann noch erfuhr, dass Maggy meine Halbschwester ist, hat er es immer mal wieder so gedreht, dass wir drei zusammenkamen. Ich hab mir damals ins Fäustchen gelacht. Hätte nicht gedacht, dass Maggy jemals etwas mit so einem alten Knacker im Sinn haben könnte. Sie hat ihn hingehalten und an der Nase herumgeführt. Ja, ich gebe zu, ich hab da mitgemacht. Es hat mir Spaß gemacht, wie Feuerwasser sich zum Affen machte. Und dann hat's wohl doch irgendwann gefunkt. Da war's zu spät."

„Zurück zu dem Bild. Er hat also Ihre Schwester gemalt und …"

„Gemalt?" Rasputins Gesicht schwoll rot an vor Zorn. „Er hat eine Hure aus ihr gemacht und das auch noch aller Welt verkündet!"

„Und da ist Ihnen nicht mal der Gedanke gekommen, ihm den Hals umzudrehen?"

„Jeden Tag, jede Stunde, jede Sekunde habe ich daran gedacht! Ja, ich hätte ihn erwürgen können, ich gebe es zu! Aber ich hab's nun mal nicht getan."

„Haben Sie denn das Aktbild nun gestohlen oder nicht?", fragte Clemens ungeduldig.

„Was? Jemand hat es geklaut?" Erneut zeichnete sich unendliche Überraschung in Rasputins Miene ab. Erregt sprang er auf. „Aber das ist ja entsetzlich! Wer weiß, welcher Wichser das Schandgemälde jetzt hat!"

„Setzen Sie sich!", befahl Claudine. Wieder glaubte sie nicht, dass Rasputin schauspielerte. Die Nachricht vom Raub des Bildes traf ihn mitten ins Herz.

Seufzend sank er wieder in den Sessel zurück. Er sah auf seine Armbanduhr. Sofort sprang er erneut auf. „Ich hab ganz vergessen …"

„Was vergessen?", hakte Claudine nach.

„Ach nichts." Er ließ sich erneut in den Sessel sacken. Unwillkürlich begann er an den Fingernägeln zu kauen.

„Herr Mimigernaford, Sie müssen mir noch einen Augenblick zuhören", drängte Claudine. „Sie waren doch auch auf der Totenfeier. Wir haben Sie dort gesehen. Und trotzdem behaupten Sie nach wie vor, mit alldem nichts zu tun zu haben?“

Rasputin verschränkte die Arme vor der mächtigen Brust und verkündete trotzig: „Nichts von dem, was ich getan habe, tut mir leid. Außer einer Sache.“ Er sah Clemens an. „Sorry! Den Schlag auf den Kopf hab ich Ihnen verpasst.“

„Was? Und das sagen Sie erst jetzt?“ Clemens wollte aufspringen, aber der augenblicklich aufflammende Schmerz im Fuß hinderte ihn daran. Also begnügte er sich damit, Rasputin böse anzustarren: „Und warum? Raus mit der Sprache!“

„Ich hatte mir Mut angetrunken und wollte Feuerwasser auf der Totenfeier zur Rede stellen. Vor aller Augen wollte ich ihm endlich mal sagen, was für ein mieses Schwein er ist. Feuerwasser wusste, was ihm blühte …“

„Sie haben ihn vor zwei Monaten schon einmal grün und blau geschlagen, nicht wahr?“, sagte Claudine.

„Woher wissen Sie das denn?“

Das fragte auch Clemens sich. Wahrscheinlich hatte Kehrer es ihr erzählt.

„Ich habe da meine Quellen“, versetzte Claudine. „Sie haben ihm das Nasenbein zertrümmert und, was noch schlimmer ist, sämtliche Finger seiner rechten Hand gequetscht. Feuerwasser hat daraufhin Anzeige erstattet und auf Schmerzensgeld und Schadenersatz geklagt. Aber erzählen Sie ruhig weiter.“

„Als er mich sah, ist er abgehauen. Da bin ich ihm hinterher … In dem Gang war es ziemlich dunkel, ich bin da mehrmals mit dem Kopf wo gegengestoßen. Und dann hab ich gemerkt, dass mir einer hinterherkam. Ich hatte Angst, dass Feuerwasser mir durch die Lappen gehen könnte, also habe ich meinem Verfolger einen über den Schädel gezogen.“ Er sah Clemens reuevoll an. „Ich hoffe, ich habe nicht zu fest zugeschlagen.“

„Und dann?“, bohrte Claudine weiter.

„Als ich draußen war, war das Schwein verschwunden. Aber er ist mir erneut ins Blickfeld geraten. Das war in der Nähe des Zuges. Ich hab ihn eingeholt, aber der Kerl hat sogar im Hinterkopf Augen. Irgendwie hat er wohl gespürt, dass ich hinter ihm stand. Er hat sich umgedreht, Panik war in seinem Blick, und er hat mich weggestoßen. Ich bin hingefallen, und bis ich mich wieder aufgerappelt hatte, war er weg. Dann habe ich mitbekommen, dass jemand unter die Festzugswagen geraten ist. Da bin ich hin und hab ihn da liegen sehen. Mehr weiß ich nicht.“

Rasputin sank nun endgültig im Sessel zusammen. Auch Claudine hatte das Gefühl, dass jetzt nichts Nennenswertes mehr von ihm zu erwarten war.

Wieder schaute der Künstler nervös auf die Uhr.

„Erwarten Sie jemanden?“, fragte Clemens.

„Nein. Das geht Sie gar nichts an. Allerdings …“ Sein Blick huschte von Claudine zu Clemens und wieder zurück. Dann sprudelte es aus ihm heraus: „Ich mache mir verdammte Sorgen um meine Schwester!“

Kapitel 17:
Mittwoch, 11:35 Uhr

„Bevor Sie kamen“, berichtete Rasputin, „habe ich dauernd versucht, Maggy anzurufen. Sie ist weder zu Hause noch übers Handy erreichbar. Das ist seltsam.“

„Seltsam finde ich, dass Sie sich derart Sorgen um sie machen“, erwiderte Claudine. „Ihre Schwester ist immerhin erwachsen.“

„Das hat sich so ergeben, wissen Sie. Seitdem die Sache mit Feuerwasser war, haben wir gegenseitig auf uns achtgegeben. Dem Hund ist nicht zu trauen. Schließlich hat sie mit ihm Schluss gemacht. Eine gewisse Zeit danach hat er sie noch verfolgt und bedroht.“

„Feuerwasser war ein Stalker?“

„Ja, so nennt man das wohl heutzutage.“

„Jedenfalls kann er Ihrer Schwester nichts mehr antun. Er ist ja nun tot“, beruhigte ihn Clemens.

„Weiß man’s denn? Und was ist mit den anderen Kerlen, die meine Schwester Maggy oben in der Turmstube überfallen haben?“

„Ihre Schwester hat die Anzeige zurückgezogen“, erinnerte ihn Claudine. „Ich denke mal, weil Feuerwasser dahinter steckte und ihr gedroht hat.“

„Ich hab keine Ahnung, warum. Ich weiß nur, dass ich diesbezüglich ein verdammt komisches Gefühl im Bauch habe.“

Er stand auf und lief zum Telefon. Erneut drückte er einige Nummern. Danach schaute er noch besorgter drein. „Ich verstehe das nicht …“

„Haben Sie es schon mal in der Turmstube versucht?“, fragte Claudine.

„Nein, ihr Dienst beginnt doch erst abends. Außerdem würde sie dann ja ans Handy gehen …“

„Probieren Sie’s bitte trotzdem mal!“

Rasputin tat ihr den Gefallen. „Seltsam“, sagte er, während er den Hörer ans Ohr gepresst hielt. „Es ist besetzt!“

„Also ist doch jemand dort oben!“, triumphierte Claudine. Sie sah Clemens an: „Glaubst du, du kannst laufen, oder willst du hier die Stellung halten?“

Sie merkte Clemens an, dass er am liebsten sitzen geblieben wäre. Aber sein Stolz und auch die Sorge um Claudine ließen das nicht zu.

„Ich komme mit!“

„Vielleicht sollten wir lieber ein Taxi nehmen!“

„Ist mir egal, was Sie beide machen“, entschied Rasputin. „Ich laufe jetzt zur Kirche. Zu Fuß bin ich schneller da als mit einem Taxi!“

Und schon lief er hinaus. Claudine folgte ihm. Beim Rausgehen schaute sie sich nach Clemens um. „Du kommst einfach nach, ja?“

Und schon war sie verschwunden.

Rasputin war schneller, als Claudine ihm zugetraut hätte. Vielleicht war es auch nur die Sorge um seine Schwester, die ihm Flügel verlieh. Seite an Seite rannten sie durch die Fußgängerzone. Einige Passanten drehten sich nach dem ebenso eiligen wie ungleichen Paar um.

Rasputin hatte recht gehabt. Vom Kuhviertel bis zur Lambertikirche waren es nur wenige Minuten zu laufen. Endlich ragte der Kirchturm vor ihnen auf. Unwillkürlich galt Claudines erster Blick den Käfigen hoch oben am Turm. Sie waren leer. Die ganze Zeit über hatte sie das Bild der Türmerin, die in einem der Käfige hing, vor Augen gehabt.

Wieder übernahm Rasputin die Führung. Die Tür zum Turm war nur angelehnt. War das ein gutes oder ein schlechtes Zeichen? Claudine wusste inzwischen, dass die Turmbesteigung für Unbefugte aus versicherungstechnischen Gründen verboten war. Also musste die Tür normalerweise verschlossen sein.

Rasputin nahm zwei Stufen auf einmal. Nach dem ersten Dutzend ging ihm allerdings die Puste aus. Claudine drängte sich an ihm vorbei.

Als sie den ersten Zwischenstock erreichte, kam es ihr für einen Moment so vor, als wäre sie in eine Zeitschleife geraten. Wie kurz lag es erst zurück, dass sie zum ersten Mal den Turm hinaufgestürmt war!

Und zugleich überkam sie mit jedem Schritt mehr die düstere Vorahnung, dass am Ende der Treppe etwas Schreckliches sie erwartete. Sie musste daran denken, wie sie die Türmerin beim ersten Mal vorgefunden hatte. Und während sie die gewundene Treppe weiter hinaufeilte, rechnete sie jeden Augenblick mit jemandem, der sich ihr in den Weg stellen würde.

Als sie im Glockenstuhl ankam, war sie nassgeschwitzt. Sie schaute zurück, aber Rasputin war noch nicht wieder zu sehen. Wahrscheinlich hatten ihn jetzt doch die Kräfte verlassen. Genau wie Clemens. Wenn man die Männer mal brauchte, machten sie schlapp.

Auch sie war am Ende ihrer Kräfte. Aber sie nahm sich zusammen.

Schließlich tauchte die letzte steile Stufenflucht vor ihr auf, die sie noch von der Tür zur Turmstube trennte. Mit hämmerndem Herzen machte sie sich daran, sie zu erklimmen. Endlich hatte sie die Tür erreicht. Sie klopfte an. „Maggy?“, rief sie laut. „Sind Sie da drin?“

Kein Laut ertönte aus der Turmstube. Langsam, fast widerwillig, drückte Claudine die Klinke nach unten. Ihr Herz trommelte jetzt förmlich gegen ihre Rippen. Die Tür war unversperrt. Claudine schob sie vorsichtig auf.

Der Anblick ließ sie erstarren. Maggy lag auf dem Boden. Ihre linke Faust umschloss ein Rasiermesser. Der Schnitt im Hals war gar nicht mal groß, vielleicht zehn Zentimeter lang und leicht gekrümmt wie das spöttische Grinsen rot bemalter Lippen.

Im gleichen Moment hörte sie Schritte hinter sich über die Treppe heraufkommen. Das konnte nur Rasputin sein. Trotzdem fing sie an zu zittern.

Sie blickte hinter sich und sah ihn über die Schwelle treten. Das Gesicht des Künstlers war zu einer Fratze verzerrt. Schweißverklebte Haarsträhnen hingen ihm über die Augen. Die Mundwinkel bebten. Mit steifen Schritten ging er auf sie zu. Als er nur noch einen Meter entfernt war, zuckten seine Arme vor, und seine kräftigen Hände griffen nach ihr.

Instinktiv wollte sie Rasputins Pranken fassen und sie wegdrücken. Aber dann sah sie in seine verdrehten Augen und bemerkte den Schaum, der ihm aus dem Mund quoll. Der Mann hatte einen Schlaganfall erlitten!

Vorsichtig ließ sie ihn zu Boden gleiten. Während sie die 112 wählte, rief sie in ihrem Gedächtnis alles ab, was sie je über Erste Hilfe gelernt hatte.

Zum Glück meldete sich prompt jemand. Sie gab den Ort durch und ergänzte, dass auch ein Polizeiwagen geschickt werden müsse, weil es eine Tote gebe.

Rasputin atmete schwer. Sein Brustkorb arbeitete wie ein Blasebalg. Er zitterte am ganzen Leib. Claudine sprach auf ihn ein, aber er schien nicht bei Bewusstsein zu sein.

Sie öffnete ihm Hemd und Hose, damit ihn nichts einengte, und brachte ihn in eine stabile Seitenlage, so wie sie es vor Ewigkeiten beim Erste-Hilfe-Kurs gelernt hatte.

Dann hockte sie sich neben ihn, fasste seine Hand und sprach beruhigend auf ihn ein. Dabei vermied sie es, auch nur einen weiteren Blick auf die Tote zu werfen. Sie wusste, dass sie ganz, ganz nah daran war, den Verstand zu verlieren.

Die Zeit dehnte sich endlos, bis endlich wieder Schritte auf der Treppe laut wurden. Die Sanitäter waren vor der Polizei zur Stelle.

„Wann ist es passiert?", fragte einer der beiden, während er die Erstversorgung in die Wege leitete.

„Vor sechs Minuten etwa."

Der Sanitäter betrachtete Claudine mit kritischem Blick. „Wir sollten Sie vielleicht auch mitnehmen …"

„Nein, es geht schon. Ich warte hier auf die Polizei."

Nach und nach füllte sich die Turmstube. Wahrscheinlich waren noch nie so viele Personen gleichzeitig hier oben gewesen.

Und irgendwann trudelte auch Kehrer ein.

Und da sonst niemand da war, den sie kannte, war er es, dem sie schluchzend in die Arme fiel.

Kapitel 18:
Mittwoch, 18:45 Uhr

Das Sternerestaurant, in das Kehrer Claudine eingeladen hatte, mochte der geeignete Rahmen für feierliche Anlässe sein. Aber nicht dafür, einen Katastrophentag wie diesen zu beenden.

Doch Jochen hatte sie geradezu angefleht. Als Clemens davon hörte, hatte er einen Aufstand gemacht. Aber auf Clemens war Claudine nicht gut zu sprechen. Wo war er gewesen, als sie ihn gebraucht hatte?

Jochen erwies sich als Gourmet, und er genoss die Speisen auf sehr viel feinere Art als Clemens. Fast vermisste sie Clemens' Schnüffeln und Schlecken, seine Grunz- und Schnalzlaute, sein Schnaufen und sein zufriedenes Lächeln, wenn ihm etwas besonders gut mundete.

Jochen hatte für sie einen Wein gewählt und erklärte dessen Struktur. Sie hörte kaum hin. Der Kaisergranat mit Meerrettich und Roter Beete war ein Traum, aber das Rot erinnerte sie an die klaffende Wunde an Maggys Kehle, und sie bekam keinen Bissen hinunter.

„Du darfst dir keine Vorwürfe machen, Claudine", sagte Jochen und nahm ihre Hand. „Du warst sehr, sehr tapfer. Du hättest der Türmerin nicht helfen können. Wie es aussieht, wollte sie sterben. In ihrem Abschiedsbrief schreibt sie, dass sie es war, die Feuerwasser erwürgt hat. Danach hat sie keinen Sinn mehr darin gesehen, weiterzuleben."

Claudine schüttelte den Kopf. „Ich kann es trotzdem nicht glauben. Maggy war nicht der Typ Frau, der sich einfach umbringt. Sie war voller Power."

„Wir sehen immer nur die Fassade. Was sich dahinter verbirgt, können wir allenfalls erahnen. Die Seele eines Menschen ist für unsereins unergründbar", philosophierte Kehrer salbungsvoll.

„Wie geht es eigentlich Rasputin?"

„Es ist erstaunlich, was der für eine Konstitution hat. Nach meinen Informationen kann er bereits in ein paar Tagen wieder nach Hause gehen."

„Weiß er, dass seine Schwester sich das Leben genommen hat?"

„Nein, mit dieser Tatsache haben wir bewusst noch hinter dem Berg gehalten."

Die Serviererin kredenzte Ravioli mit Ochsenschwanz und Steinbutt und dazu Kartoffelschaum. Während Kehrer den Steinbutt zerteilte, bemerkte er: „Übrigens, der Schnitt in der Kehle des Opfers gibt mir noch zu denken. Daher habe ich die Kollegen von der Pathologie gebeten, sich das noch einmal ganz genau anzuschauen."

„Wie meinen Sie das?" Claudine ließ das Besteck sinken, mit dem sie der Form halber die Speisen auf ihrem Teller hin und her geschoben hatte.

„Personen, die sich selbst die Kehle durchschneiden, tun dies eher zögerlich. Sie wissen ja nicht, ob es wirklich funktioniert, ob sie die Schmerzen aushalten werden, und ob sie auch tief genug schneiden", dozierte Kehrer. „Sieh mal her."

Sie sah, wie er das Messer hob, mit dem er gerade noch den Fisch zerteilt hatte. „Als Tatwaffe wäre es sicherlich ungeeignet. Viel zu stumpf! Aber stell dir vor, ich hielte ein Rasiermesser." Er setzte sich die Klinge an den Hals.

Die anderen Gäste schauten gespannt herüber.

„Würdest du es dir sofort durch die Gurgel ziehen?"

;„Nein, ich glaube nicht", sagte Claudine. Sie versuchte, sich in Maggys Lage oder überhaupt in die Lage einer Selbstmörderin hineinzuversetzen. Es fiel ihr schwer. „Ich würde erst ausprobieren, wie scharf die Klinge überhaupt ist. Und wie schmerzhaft der Schnitt."

„Genau richtig! Du solltest dich als Profiler bei uns bewerben", schmeichelte er ihr. „Wir nennen es ‚Probierschnitt'. Die meisten Selbstmörder setzen das Tatwerkzeug erst einmal ganz zaghaft an – entweder direkt oder in der

Nähe der geplanten Stelle oder auch ganz woanders am Körper. Es kommt übrigens nicht selten vor, dass sie aufgrund der Schmerzen die Selbstmordabsicht aufgeben. Zumindest vorläufig. Deswegen sind bei den meisten Selbstmorden auch Medikamente im Spiel – um die Schmerzen zu betäuben."

„Und ... und hat Maggy ...?"

„Die erste Diagnose lautet: nein. Weder haben wir in der Turmstube Tablettenpackungen gefunden, noch habe ich an ihr Spuren von Probierschnitten entdecken können. Das ist insbesondere in diesem Fall sehr ungewöhnlich. Als Tatwerkzeug hat sie ein Rasiermesser gewählt. Ich wette, als Frau hat sie es noch nie vorher benutzt. Und dann ist da noch etwas, das mir aufgefallen ist ..."

Claudine hing nun förmlich an seinen Lippen. „Was denn?", fragte sie, als er eine effekthascherische Pause machte.

„Ein Stückchen ihres Blusenkragens ist bei dem Akt zerschnitten worden. Das ist zumindest merkwürdig. Im Allgemeinen legen Selbstmörder großen Wert darauf, ihre Kleidung zu schonen. In der Regel entblößen sie vorher den Verletzungsbereich. Schon allein, um sicherzugehen, dass sie tief genug schneiden."

„Und das heißt?"

„Das alles heißt, dass ich mir nicht hundertprozentig sicher bin, ob es so abgelaufen ist, wie es auf den ersten Blick scheint."

Während der restlichen Gänge des Menüs saßen sie mehr oder weniger schweigend am Tisch. Kehrer war mit Essen beschäftigt, Claudine mit ihren Gedanken.

Kehrers Handy klingelte. Er entschuldigte sich und eilte hinaus. Erst nach zehn Minuten kam er wieder herein.

„Entschuldigung, aber das war der Anruf, auf den ich gewartet habe. Die Kollegen aus der Pathologie ..."

Claudine beugte sich gespannt vor.

„Es ist so, wie ich vermutete: Die Hinweise auf ein Tötungsdelikt sind weit zahlreicher als die Anhaltspunkte für einen Suizid.“ Er zählte an den Fingern auf: „Nur ein einziger Schnitt. Keine Probierverletzungen, noch nicht einmal ein Kratzer. Der Kragen ist eindeutig mit dem Rasiermesser durchschnitten worden. Unterschiedlich verlaufende Blutabrinnspuren ...“

„Was heißt das?“

„Bei Selbsttötungen verlaufen die Blutabrinnspuren gleichmäßig und parallel. Bei Tötungsdelikten ist mehr Bewegung im Spiel, das Opfer wehrt sich vielleicht, und daher verlaufen die Blutabrinnspuren in verschiedene Richtungen. Aber jetzt kommt's: Als wir sie fanden, waren beide Hände der Toten zu Fäusten geballt ...“

Vor Claudines Auge erschien wieder die Leiche. „Sie hielt das Rasiermesser in der linken Hand.“

„Ja, aber die rechte war auch zur Faust geballt. Wegen der Totenstarre hatte ich natürlich nichts erkennen können. Jedenfalls weist ihr Handteller ebenfalls einen Schnitt auf.“

„Also hat sie sich doch vorher probeweise geschnitten?“

Kehrer schüttelte den Kopf. „Dazu ist der Schnitt viel zu tief. Nein, es sieht eher so aus, als hätte sie sich gewehrt. In dem Moment, als jemand ihr mit dem Rasiermesser an die Kehle gehen wollte, hat sie es instinktiv abwehren wollen und in die Klinge gefasst. Übrigens: in ihrem Magen wurden keine Tabletten gefunden.“

Erwartungsvoll beugte sich Claudine noch weiter vor. „Das bedeutet: Mord! Nicht wahr?“

Kehrer schwieg bedeutungsvoll. Er gab der Serviererin einen Wink. Kurz darauf erschien ein Kellner mit einem Teller, der mit einer silbernen Speiseglocke abgedeckt war, und stellte ihn auf den Tisch. Mit einer Verbeugung entfernte er sich wieder.

„Was präsentierst du mir jetzt? Den Kopf des Mörders?“, flachste Claudine.

„Schau selbst."

Eigentlich hatte sie für Überraschungen keinen Sinn. Nicht heute. Dennoch lüftete sie den Deckel mit einer gewissen Erwartung. Etwas Rotes kam unter der Glocke zum Vorschein. Es war ein Tuch.

„Erkennst du dein Halstuch wieder?", fragte Kehrer.

Sie fasste es nicht an. Sie ließ es liegen, wo es war. „Was soll das?", fragte sie kalt. „Das ist verdammt noch mal nicht lustig."

Kehrer antwortete nicht. Er schaute sie die ganze Zeit schweigend an und studierte ihr Gesicht. Schließlich atmete er auf.

„Verzeih mir. Ich gebe zu, es wäre ein schlechter Scherz gewesen. Aber es ist kein Scherz."

„Was denn dann?"

„Ein Test. Ich wollte wissen, wie du reagierst."

„Und? Bist du jetzt davon überzeugt, dass ich Feuerwasser erwürgt habe?" Sie war aufgestanden, und ihr Gesicht war rot angeschwollen vor Zorn. Für die übrigen Gäste boten sie erneut ein aufsehenerregendes Schauspiel. Aber das war ihr egal.

„Im Gegenteil", sagte er. „Deine Reaktion zeigt mir, dass du es nicht warst."

Seine sanfte Stimme machte sie noch wütender. „Du hast mich nur hierher geschleppt, um diesen blöden Test zu machen?" Tränen traten ihr in die Augen.

„Nein, natürlich nicht nur. Es … es …" Jetzt kam auch er ins Stottern.

Die Serviererin trat an ihren Tisch. „Darf ich das Dessert servieren?"

„Das serviere ich selbst", sagte Claudine und nahm einen der Teller vom Tablett.

Es war eine kulinarische Kreation aus süßem Reis, Apfel und Pandan. Claudine nahm Maß. Die Nachspeise klatschte mitten in Kehrers Gesicht.

„Bravo!“, rief eine Dame vom Nebentisch. „Darauf habe ich die ganze Zeit gewartet!“

Kehrer saß mit zugekniffenen Lidern starr da. Erst nach einer Schreckpause begann er, sich die Augen freizuwischen.

Aber da riss Claudine bereits ihre Jacke vom Haken und strebte dem Ausgang zu.

Als sie vor dem Restaurant in die kühle Abendluft hinaustrat, war ihre Wut bereits verraucht. Sie fühlte sich nur noch gedemütigt und völlig niedergeschlagen.

Da sah sie, wie eine vertraute Gestalt auf sie zuwankte.

„Clemens?“, empfing sie ihn. „Was ist denn mit dir los?“

„Ich muss mit dir sprechen! Unbedingt!“, lallte er mit schwerer Zunge.

Zweifelnd musterte sie ihn. „Du hast einen über den Durst getrunken, oder?“

Dann bemerkte sie seinen blutgetränkten Schuh. „Mein Gott, sagtest du nicht, es sei bloß ein leichter Streifschuss gewesen?“

Sie stützte ihn, weil er sonst wahrscheinlich gestürzt wäre.

„Musste zu dir“, nuschelte er. „Bin den ganzen Weg gelaufen, um dir zu sagen dass … dass …“ Er musste laut niesen.

„Dass was?“

„Dass ich dich liebe!“

„Aber das weiß ich doch längst!“

Sie drückte ihn an sich, als hätte sie Angst, er könne sich in Luft auflösen, wenn sie ihn je wieder losließe.

Kapitel 19:
Mittwoch, Stunden zuvor

Nach ein paar Schritten zur Wohnungstür gab Clemens es auf, Claudine und Rasputin hinterherzueilen. Sein Fuß schmerzte höllisch, wenn er ihn aufsetzte. Also ließ er die beiden allein zur Lambertikirche laufen und sackte stöhnend in Rasputins tiefen Sessel.

Er merkte, wie ihm allmählich die Sinne schwanden. Vielleicht verlor er doch zu viel Blut. Den Schuh auszuziehen und nachzusehen, wagte er nicht aus Angst vor den damit verbundenen Schmerzen. Irgendwann verfiel er in einen unruhigen Schlummer, und als er erwachte, stellte er fest, dass mehr als zwei Stunden vergangen waren. Sein Fuß blutete weniger stark, hatte aber schmerzhaft zu pochen begonnen.

Warum waren Claudine und Rasputin noch nicht zurück? Mit einem flauen Gefühl im Bauch wählte er Claudines Handynummer. Als er schon aufgeben wollte, meldete sich die Stimme, die er im Moment am meisten verabscheute: die von Kommissar Kehrer.

„Frau Mercier gibt im Moment ihre Aussage zu Protokoll", erklärte Kehrer förmlich. „Kann ich etwas ausrichten?"

„Wie kommen Sie an Frau Merciers Handy?", wollte Clemens wissen.

„Sie hat es wohl hier hingelegt und vergessen. Was wollen Sie denn überhaupt von ihr?"

„Mit ihr sprechen. In einer persönlichen Angelegenheit."

„Ich sagte doch …"

„Wenn ihr irgendetwas passiert ist, drehe ich Ihnen den Hals um!", schrie Clemens unbeherrscht ins Telefon.

„Jetzt beruhigen Sie sich erst mal wieder. Frau Mercier ist nichts passiert. Sie hat die Leiche der Türmerin entdeckt und ist verständlicherweise mit den Nerven etwas fertig. Machen Sie sich keine Sorgen."

Das klang erstaunlich freundlich. Wollte er ihn etwa beruhigen, um ihn loszuwerden?

„Und was ist mit diesem Rasputin? Ich sitze hier in seiner Wohnung und warte darauf, dass er zurückkehrt."

„Was tun Sie denn in seiner Wohnung?"

„Das ist nicht Ihr Bier. Also?"

„Ihr Bekannter hat einen Schlaganfall erlitten. Die zweihundertachtundneunzig Stufen des Lamberti-Kirchturms haben ihn wohl etwas überanstrengt."

Entweder war Kehrer wirklich so eine coole Socke oder er war eine eiskalte Sau. „Aber ich kann Sie trösten", fuhr Kehrer fort. „Angeblich ist es nicht so schlimm, wie zunächst vermutet. Und was Frau Mercier betrifft: Ich werde ihr ausrichten, dass Sie angerufen haben."

Und damit unterbrach er die Verbindung.

Irgendwann wurde Clemens das Warten zu lang. Außerdem wurde das Pochen in seinem Fuß immer stärker und schmerzhafter. Er verließ unter großen Schmerzen die ungastliche Wohnung und schleppte sich die Treppe hinauf, bis er das Straßenniveau erreichte.

Er suchte sich im Pinkus einen stillen Winkel für sich allein aus und bestellte auf Empfehlung des Wirtes eine Altbierbowle.

Wie süffig die schmeckte! Wahrscheinlich lag das an den Ananasstückchen.

Clemens beließ es nicht bei dem einen Glas. Und irgendwann spürte er auch den pochenden Fuß nicht mehr so stark.

Allmählich füllte sich die Kneipe. Aber als die Tür aufging und plötzlich Rasputin den Raum betrat, glaubte Clemens an eine Fata Morgana.

Der Künstler sah ihn und kam auf ihn zu. Gierig ging sein Blick zur Altbierbowle.

„Wie kommen Sie denn hierher?", wunderte sich Clemens. „Kehrer hat behauptet, Sie hätten einen Schlaganfall erlitten." Doch wichtiger war für Clemens eine andere Frage. Ehe Rasputin etwas erwidern konnte, fragte Clemens: „Was ist mit Claudine?“

Rasputin zuckte mit den Achseln. „Keine Ahnung, ich erinnere mich an nichts mehr. Als ich im Krankenhaus aufgewacht bin, dachte ich: *Nur weg von hier!* Und jetzt bin ich hier. Und ich habe einen verdammten Durst.“

„Kommt nicht infrage, höchstens ein stilles Wasser“, sagte Clemens, der sich für den Patienten irgendwie verantwortlich fühlte. „Sind Sie sicher, dass Sie wieder okay sind?“

Rasputin winkte ab. „Das war kein Schlaganfall, sondern ein epileptischer Anfall. Das habe ich seit meiner Geburt.“

Clemens bestellte ihm ein stilles Wasser. Nachdem Rasputin das Glas ausgetrunken hatte, kratzte er sich am Kopf. „Als ich vorhin aufwachte, ist mir noch was eingefallen. Hat was mit Feuerwasser zu tun …“

Clemens beugte sich interessiert vor.

„Als ich Feuerwasser weggestoßen habe, ist er nicht einfach nur so hingefallen. Er ist zurückgestolpert und zwischen die Mottowagen geraten. Aber nicht *unter* einen der Wagen, das schwöre ich. Ich war ja auch ziemlich aufgeregt und habe dann nur noch mitgekriegt, dass er zwischen eine Zugmaschine und dem angehängten Mottowagen geraten ist. Die Zugmaschine war, glaube ich, ein Trecker. Dann ist der Mottowagen über ihn hinweggerollt. Aber das war ja nicht die Todesursache, er war auch gar nicht unter die Reifen geraten. Na ja, und dann stoppte der ganze Zug. Und jetzt habe ich mir gedacht: Wie kann denn jemand Feuerwasser erwürgt haben, wenn der die ganze Zeit unter einem der Wagen gelegen hat? Erklären Sie mir das mal!“

Clemens überlegte lang und intensiv. Und wie er es auch drehte und wendete, letztlich kam er nur zu einem Schluss: „Jemand hat Feuerwasser erwürgt, während er unter dem Mottowagen lag.“

„Ja, und als der Trecker wieder zurücksetzte, lag Feuerwasser wieder genau zwischen ihm und dem Mottowagen.“

„Und warum hat die Polizei nicht die Leute auf dem Wagen verhört?"

„Hat sie bestimmt, aber glauben Sie denn, die Burschen sagen die Wahrheit?"

„Sie wissen, wer da auf dem Mottowagen saß?"

„Das künstlerische Dreigestirn. Feuerwassers Malerpinsel! Zumindest zwei. Der dritte fuhr den Trecker."

Clemens vergaß vor Staunen, den Mund zu schließen.

„Meinen Sie nicht, ich habe mir jetzt auch eine Bowle verdient?", fragte Rasputin listig.

Kehrer war nicht zu sprechen, und Claudine nahm den Handyanruf nicht an. Daher musste Clemens die Sache selbst in die Hand nehmen. Rasputin erwies sich dabei als ganz brauchbare Unterstützung. Er wusste nämlich, wo die Wagen des Karnevalszuges untergebracht waren. In einer Fabrikhalle außerhalb der Stadt. Während sie sich mit dem Taxi dorthin fahren ließen, erzählte Rasputin munter von früher: „Das ließ sich Feuerwasser nicht nehmen: Jedes Jahr staffierte er einen der Karnevalswagen aus. Das Motiv unseres Wagens war jedes Mal das künstlerische Dreigestirn: Mal als Dick und Doof und Dreist, ein andermal als Fix, Foxi und Faxen. Daran erinnere ich mich noch gut, ich musste nämlich die Faxen spielen. Und einmal den Julio, als das Dreigestirn sich als Romeo und Julio ausrief."

„Und wer war der Dritte?"

„Der junge Werther."

„Ist der nicht von Goethe?"

„Das war ja eben der künstlerische Clou. Wenn Sie wissen wollen, was Feuerwasser sich dabei gedacht hat, müssen Sie ihn schon selbst fragen. Aber das geht ja nun nicht mehr. Früher hat er selbst beim Dreigestirn mitgemacht, in den letzten Jahren nicht mehr. Hat wohl die Lust daran verloren, deshalb hat er es auch diesmal seinen drei Malerpinseln überlassen."

Als sie die einsam gelegene Fabrikhalle erreichten, erwies sich diese als abgesperrt. Clemens entlieh sich vom Taxifahrer den Wagenheber und schlug kurzerhand ein Fenster damit ein.

„Machen wir uns damit nicht strafbar?“, fragte Rasputin.

„Zur Aufklärung einer Straftat sind alle Mittel erlaubt“, log Clemens. Auch der Taxifahrer war beruhigt. Er half sogar noch mit einer Taschenlampe aus.

Clemens sah zweifelnd auf Rasputin: „Trauen Sie sich das wirklich zu?“

„Keine Sorge, ich habe neun Leben, wie eine Katze. Außerdem sind Sie auf meine Hilfe angewiesen. Ohne mich finden sie den Wagen nie.“

Das war ein Argument. Clemens verschränkte die Hände für Rasputin zur Räuberleiter und hievte sich schließlich selbst durch die Fensteröffnung.

Nach einer halben Stunde war die Durchsuchung beendet. Das Ergebnis war niederschmetternd. „Das verstehe, wer will“, sagte Rasputin. „Alle Wagen des Rosenmontagszuges stehen hier, aber der eine, den wir suchen, der fehlt. Ist doch komisch, oder?“

„Ich würde sagen: höchstverdächtig“, mischte sich der Taxifahrer ein.

„Hm, aber wo könnten sie den Wagen sonst abgestellt haben?“, fragte Clemens. Im selben Moment spürte er, wie der Schmerz im Fuß wieder aufflammte. Er biss die Zähne zusammen, um nicht aufzustöhnen. „Vielleicht haben sie ihn ja schon entsorgt.“

„So schnell geht das nicht“, widersprach Rasputin und zermarterte sich ebenfalls den Kopf. Schließlich zuckte er mit den Schultern. „Mir fällt nicht Besseres ein, als dass sie den Wagen bei sich untergestellt haben. Immerhin können sie ihn da am besten im Auge behalten. Sagen Sie mal, warum wollen Sie den Wagen überhaupt untersuchen? Glauben Sie, dass irgendwelche Spuren an ihm zu finden sind?“

Clemens fuhr sich mit der Hand übers Gesicht. „Als Sie mir erzählten, dass Feuerwasser unter dem Wagen erwürgt worden sein könnte, da trat mir so ein seltsames Bild vors innere Auge. Dem will ich nachgehen."

In einer Garage hinter Feuerwassers Atelier wurden sie fündig. Mittlerweile hatten sie fast schon Routine darin, einen Einbruch zu verüben. Der Wagen der Malerpinsel stand verdeckt unter einer Plane. Clemens kletterte mit Rasputins Beistand mühsam auf den Wagen und untersuchte ihn.

„Kriechen Sie doch mal bitte unter den Wagen!", forderte er Rasputin auf.

„Ich soll – was?"

Clemens wiederholte seine Bitte. Rasputin fluchte, ließ sich aber auf die Knie sinken und robbte unter den Wagen. Clemens hatte gefunden, wonach er gesucht hatte. Im Wagenboden gab es eine Klappe. Wahrscheinlich hatten die Malerpinsel sie installiert, falls sie während des Rosenmontagszuges mal etwas Alkohol loswerden wollten. Denn getrunken, so hatte Rasputin ihm erzählt, wurde nicht in Maßen, sondern in Massen.

„Schlaue Burschen", dachte Clemens, während er die Klappe entriegelte. Er leuchtete hindurch und direkt in Rasputins Gesicht.

Damit war das Rätsel gelöst.

Folgendermaßen musste es sich abgespielt haben: Rasputin hatte Feuerwasser den Schubs gegeben, der stürzte zwischen die Triebmaschine und den angehängten Mottowagen. Statt zu bremsen, war der Fahrer eiskalt ein Stück weitergefahren. Dabei war Feuerwasser aber weder verletzt noch getötet worden. Er war wahrscheinlich nur etwas benommen. Also hatten die anderen Malerpinsel die Klappe geöffnet und einer von ihnen war aus dem Wagen nach unten auf die Straße geklettert. Dabei konnte er sich höchstens gebückt bewegen. Aber es reichte aus, um Feuerwasser mit dem Halstuch zu erwürgen.

Clemens musste seine Schlussfolgerungen gar nicht erst mitteilen. Auch Rasputin hatte sich das nunmehr Offensichtliche zusammengereimt – das Begreifen stand ihm ins Gesicht geschrieben. Nur eine Frage war offen geblieben …

„Aber wie, zum Teufel“, sagte Clemens, „war der Mörder an Claudines Halstuch gekommen? Keiner der drei Malerpinsel war auf der Totenfeier gewesen.“

Eine Weile lang herrschte Schweigen. Endlich sagte Rasputin kleinlaut: „Also, Chef, ich habe da ein Geständnis zu machen.“

Überrascht starrte Clemens ihn an.

„Ich habe Ihrer Partnerin das Halstuch aus der Hand gezogen. Ich wollte mich damit etwas tarnen, wenn’s drauf angekommen wäre. Wie diese Bankräuber in den Western, verstehen Sie? Ich hab’s aber gar nicht umgehabt, hab es die ganze Zeit zusammengeknüllt in der Hand gehalten. Als ich dann vor dem Zug mit Feuerwasser aneinandergeraten bin, hat der es mir aus der Hand gerissen …“

Clemens nickte. „Und das war sein Verhängnis. Er wird es noch in der Hand gehabt haben, als einer der Malerpinsel ihn unter dem Wagen hat liegen sehen. Das Tuch kam seinem Mörder gerade recht. Er hat es genommen und Feuerwasser damit erdrosselt. Jetzt müssen wir nur noch wissen, wer von den dreien es war. Und wir brauchen das Motiv. Oder am besten ein Geständnis.“

„Und ich glaube, du brauchst jetzt erst einmal einen Arzt“, verkündete Claudine nachdrücklich, nachdem Clemens ihr alles erzählt hatte. Sie standen noch immer auf der Straße vor dem Restaurant. „Dein Schuh ist ganz nass von Blut. Ich rufe jetzt einen Rettungswagen.“

Sie griff zum Handy und wählte zum zweiten Mal an diesem Tag die Notrufnummer.

„Sag mal“, fragte sie, während sie auf den Wagen warteten. „Wieso bist du eigentlich so alkoholisiert?“

„Wegen Rasputin. Er meinte, das beste Mittel gegen Schmerzen sei Alkohol. Er hatte noch eine weitere Flasche Schnaps bei sich gebunkert.“

In diesem Moment trat Kehrer aus dem Restaurant. Sein Gesicht war wieder sauber, aber auf seinem Revers und seiner Krawatte klebten noch Dessertreste. „Claudine, ich muss mich entschuldigen, ich …“ Erst in diesem Moment schien er Clemens zu bemerken. „Was machen Sie denn hier?“

Claudine stellte sich vor Clemens wie eine Wolfsmutter vor ihr Junges: „Lass Clemens nur ja in Ruhe. Während du deinem Vergnügen gefrönt hast, hat Clemens deine Arbeit erledigt. Aber bedanken kannst du dich ja später bei ihm, es gibt jetzt Dringenderes für ihn.“

In diesem Moment war bereits die Sirene zu hören.

Kehrer sagte etwas zu seiner Verteidigung, aber Claudine hörte längst nicht mehr zu. Ihre Aufmerksamkeit galt jetzt nur noch Clemens.

Kapitel 20:
Samstag, 13:11 Uhr

„Gerne mache ich diesen Zirkus nicht mit", murrte Kehrer.

„Das sagen Sie jetzt bereits zum hundertsten Mal", versetzte Claudine entnervt. Nach der Sache mit dem Halstuch unter der Servierglocke waren sie wieder beim distanzierten ‚Sie'. „Aber erstens sind Sie Clemens noch einen Gefallen schuldig, und zweitens ist es ja nur ein Versuch, die drei aus der Reserve zu locken. Wir haben keinen Beweis gegen sie, das haben Sie selbst gesagt."

Kehrer seufzte. „Ja schön, wenn's der Beweisfindung dient." Er schaute auf seine Uhr.

„Dreizehn Uhr dreizehn", sagte er. „Der Spuk beginnt!"

Etwa zweihundert Neugierige hatten sich im Schatten des Doms versammelt. Und immer mehr Schaulustige strömten hinzu. Extra für dieses Event hatten ein paar der Marktbeschicker weichen müssen. Seitlich des Doms war eine Bühne errichtet worden. Nun ertönten dreizehn tiefe Glockenschläge.

Dreizehn! Jedem, der insgeheim mitzählte, schwante, dass sich etwas Außergewöhnliches ankündigte. Die Apokalypse vielleicht nicht gerade, aber die unheilschwangere Verkündung von etwas ähnlich Endgültigem.

Als der dreizehnte Glockenschlag verklungen war, betraten vier düstere Gestalten die Bühne. „The Wiedertäufer" gaben sich die Ehre. Die Gothic-Fans in der Menge jubelten, während ein paar Ältere unter den Zuschauern angesichts des sich anbahnenden Lärms schnell das Weite suchten.

Claudine stand in der ersten Reihe. Kehrer hatte sich zurückgezogen. Stattdessen war sie nun eingerahmt von Clemens und Imke. Ihre beste Freundin hatte es sich nicht nehmen lassen, an diesem besonderen Ereignis mitzuwirken.

„Ich glaube, ich bewerbe mich um einen festen Standplatz hier in Münster", schwärmte sie. „Ich habe bis jetzt doppelt so viele Cupcakes verkauft wie sonst im Lauf eines ganzen Tages in Bielefeld." Lotte wuffte bestätigend.

„The Wiedertäufer" legten sich richtig ins Zeug. Es hatte nicht viel gebraucht, sie zu überreden, bei dieser Veranstaltung aufzutreten. Schließlich hatten sie etwas gutzumachen.

Claudine wusste jetzt, warum die Musiker sie und Imke in Bielefeld angegriffen hatten. Als sie Claudine in Bielefeld gesehen hatten, glaubten sie, Claudine sei ihnen auf die Schliche gekommen und würde sie nun verfolgen. Sie waren es gewesen, die Feuerwassers Vernissage in der Lambertikirche vereitelt hatten. Von oben herab hatte er seine Botschaft verkünden wollen. Stattdessen hatten sie ihn in einen der Käfige gesperrt und Kunstblut herabregnen lassen. Dann hatten sie sich verdrückt. Es sollte eine Revanche dafür sein, dass er eine Woche zuvor ihr Konzert gestört hatte. Er war auf die Bühne geklettert und hatte sie vor dem Publikum aufs Übelste beschimpft.

Aber sie schworen Stein und Bein, dass sie weder die Türmerin an die Decke gehängt noch Feuerwasser etwas Ernsthaftes angetan hatten.

Als Einstieg waren „The Wiedertäufer" genau richtig. Sie lockten viel Publikum an und schufen eine düstere, unheilvolle Atmosphäre. Außerdem hatten sie ihre Technik zur Verfügung gestellt. Das war wichtig, damit auch die hinten stehenden Zuschauer den Wortlaut deutlich verstanden.

Das zielte auf die drei Malerpinsel, die in einiger Entfernung standen und zusahen. Natürlich hatten auch sie eine Einladung erhalten, und sie waren viel zu gespannt, was sich ereignen würde, als dass sie sich dieser hätten entziehen können. Claudine schaute sich unauffällig nach ihnen um. Eigentlich sahen sie ganz harmlos aus in ihren Latzhosen. Aber sie wirkten nervös. Vor allem Rüdiger.

Der hochgewachsene Ansgar mit dem Engelsgesicht und den schulterlangen blonden Locken war bestimmt ein richtiger Frauenschwarm. So jemand, der auf weich und verständnisvoll macht, sich aber rasch als egoistisches verzogenes Einzelkind entpuppt.

Noch harmloser wirkte sein rothaariger Kollege Rüdiger. In den letzten Tagen war er offenbar beim Frisör gewesen, denn die vormals schulterlange Haarpracht war zum Igelschnitt gestutzt worden. Seine füllige Figur sprengte fast die Latzhose.

Zwischen den beiden stand Roy. Seine Latzhose schlotterte um den schmächtigen Leib. Auch heute wirkte er mit dem strengen Seitenscheitel und dem verbissenen Gesichtsausdruck so bieder wie ein Zeuge Jehovas.

Einer der drei hatte Feuerwasser umgebracht. Aber wer?

„The Wiedertäufer" spielten nur einen Song, danach verschwanden sie wortlos von der Bühne.

Kunstnebel wallte auf, eine in einen Overall gekleidete Gestalt mit schwarzem Bart wurde sichtbar im Gebrodel und bewegte sich nach vorne, bis an den Bühnenrand. Das Mikrofon in der Hand der Erscheinung zitterte leicht.

„Wir haben uns hier versammelt, um das Testament des größten Sohnes dieser Stadt zu erfüllen. Jean-Claude Feuerwasser hat seinen gewaltsamen Tod vorausgesehen. Und ebenso kannte er im Voraus seine Mörder. So war er in der Lage, seine Vision des Mordes in einem unsterblichen Kunstwerk zu verewigen, auf dass seine Mörder für alle Zeit hier in Münster gebrandmarkt seien."

Einige Buhrufe ertönten. Offenbar hielten nicht alle Münsteraner den verstorbenen Künstler für einen der größten Söhne ihrer Stadt.

Ein erzürnter Ansgar bahnte sich den Weg nach vorn zur Bühne. Sein Engelsgesicht war zu einer teuflischen Fratze verzerrt.

„Keine Sorge", flüsterte Clemens Claudine ins Ohr. „Den Burschen habe ich im Visier."

Ansgar hatte die Bühne erreicht. „Halt deine verdammte Lügenfresse, du verlauster Säufer!", schrie er Rasputin entgegen. „Dir hat Feuerwasser doch schon vor Jahren den Arschtritt verpasst!“

Rasputin sah aus, als wolle er sich von der Bühne herab auf seinen Widersacher stürzen, doch er beherrschte sich. Außerdem hatte er das Mikrofon in der Hand und konnte seinen Gegner mühelos übertönen. Äußerlich ungerührt fuhr er daher fort: „Der Meister hat mich gebeten, seine letzte Vernissage zu eröffnen. Hiermit erfülle ich seinen Willen. Herzlich willkommen, meine Damen und Herren, zum *Göttermord!*“

Das letzte Wort schrie er geradezu hinaus, und es widerhallte weit über den Marktplatz. Diesen Effekt hatte Fürchtegott Untod sich einfallen lassen. Noch minutenlang würde der Echo-Nachhall zu hören sein, auf- und abschwellend, wie eine düstere Anklage, die einen Schatten auf diesen so strahlenden Marktsamstag warf.

Der Bühnennebel wallte noch einmal richtig auf. Rasputin verschwand vorübergehend darin. Als sich der Nebel erneut lichtete, waren neben Rasputin vier unter schwarzen Tüchern verhüllte Objekte zu sehen. Was sich unter den Tüchern verbarg, ließ sich nur erahnen.

Rasputin trat zum ersten Objekt hin und riss das Tuch herunter. Ein Aufschrei ging durch die Menge, als die Zuschauer erkannten, um was es sich handelte. Oder vielmehr um wen. Die überdimensionale Pappmachéfigur zeigte Jean-Claude Feuerwasser. Mit beiden Händen versuchte er sich das rote Tuch abzureißen, das eng um den Hals geschlungen war. Die Gesichtszüge waren von Grauen verzerrt.

„Ich glaube, jetzt kommt unser Auftritt“, sagte Claudine und stupste Clemens und Imke an. Clemens humpelte noch ein wenig, aber er hielt sich wacker.

Über eine Seitenrampe erklommen die drei die Bühne. Noch immer waberte der Nebel, und noch immer tönte das lang gezogene Echo der anklagend gesprochenen drei Silben aus den Lautsprechern: „*Göttermord!*“

Kaum ein Zuschauer konnte sich der unheimlichen Wirkung der Performance entziehen. Sie alle standen wie gebannt und harrten der kommenden Dinge.

Claudine und ihre Freunde standen nun auf der Bühne und wandten sich jeder einer der verbliebenen Figuren zu. Ein weiterer Glockenton ließ den Bühnenboden erbeben. Er schien direkt aus der Hölle zu kommen.

Wie auf Kommando enthüllten Claudine, Clemens und Imke die drei Figuren.

Wieder ging ein Raunen durch die Menge, als die Skulpturen zu erkennen waren. Auf den ersten Blick wirkten die Gestalten wie übrig gebliebene Pappmachéfiguren vom Rosenmontagszug. Alle drei hatten vor teuflischer Mordlust verzerrte Gesichter. Sie trugen Latzhosen, und jede hatte ein rotes Tuch in der Hand. Eindeutig waren die drei Malerpinsel zu erkennen, wenngleich Rüdiger noch mit langen Haaren modelliert worden war.

Bevor noch irgendjemand reagieren konnte, kam Bewegung in die drei Malergesellen im Publikum. Der schmale Roy machte kehrt und versuchte sich klammheimlich davonzustehlen. Der dicke Rüdiger brach in einen Weinkrampf aus. Er schluchzte und schrie: „Ich war es nicht! Ich war es nicht!" Als sich alle nach ihm umdrehten, versuchte auch er zu flüchten, aber es hatte sich bereits ein dichter Menschenring um ihn gebildet.

Auch der schöne Ansgar wollte sich verdrücken. Er drohte noch einmal mit der Faust, dann drehte er sich blitzschnell um und rannte los.

Laufen konnte Clemens noch immer nicht so richtig. Aber als er Ansgars Schultern direkt unter sich sah, warf er sich todesmutig von der Bühne hinab auf den Flüchtenden.

Ansgar ging mit einem Schrei zu Boden, als Clemens ihn unter sich begrub.

Plötzlich war auch Kommissar Kehrer zur Stelle. Er beugte sich hinab, legte dem noch immer wie leblos daliegenden Ansgar Handschellen um und sagte: „Ich verhafte Sie wegen des Verdachts der Beihilfe zum Mord an Jean-Claude Feuerwasser."

„Den hier habe ich schon unter Kontrolle", sagte Clemens. „Sehen Sie lieber zu, dass Sie die anderen schnappen."

„Keine Sorge. Meine Leute haben den ganzen Markt abgeriegelt. Dieser Roy entwischt uns nicht. Und was diesen Rüdiger betrifft: Der steht da vorne und flennt. Ihn werden wir uns jetzt als Erstes vorknöpfen."

Claudine und Imke kamen herangelaufen. „Ich wusste gar nicht, dass du so ein todesmutiger Stage Diver bist!", sagte Imke anerkennend zu Clemens. „Der Bühnensprung war rekordverdächtig!"

„Hauptsache, du hast dir dabei nichts getan", sagte Claudine besorgt. „Ich brauche dich nämlich gesund und unversehrt."

Clemens rappelte sich auf. „Was hast du denn vor?"

Claudine lächelte: „So einiges in nächster Zeit. Ab sofort ist jedenfalls Schluss mit den Abenteuern. Zumindest den gefährlichen. Ich habe mit der Queen gesprochen. Wenn du willst, kannst du als Geschäftsführer unsere erste Verkaufsfiliale in Ostwestfalen eröffnen – direkt in Bielefeld."

„Wenn du an meiner Seite bleibst und mich berätst", stellte er zur Bedingung.

„Darüber lässt sich reden", sagte Claudine. „Aber nur, wenn du ab sofort wirklich das Räuber-und-Gendarm-Spiel unterlässt."

„Moment mal, du lässt dich doch auch immer wieder von der Queen bequatschen!"

„Aber im Gegensatz zu dir löse ich die Fälle mit Köpfchen und nicht mit brutalem Körpereinsatz. Deswegen hinke ich jetzt auch nicht wie der Enkel von des Teufels Großmutter."

„Ich bin bald wieder flink wie eine Gazelle. Hat der Orthopäde gesagt!" Er wollte noch etwas hinzufügen, aber der Rest ging in einen Niesanfall unter.

„Vertragt euch, Kinder“, mahnte Imke. „Ich will keinen von euch jemals wieder trösten müssen, wenn er Liebeskummer hat.“

Das mit dem Vertragen war ein weiser Ratschlag, fanden sie. Sie taten ihr Bestes, ihn zu befolgen.

Kapitel 21: Samstag, Abend

Versöhnung war das Motto der abendlichen Zusammenkunft im Pinkus. Neben Claudine, Clemens und Imke waren auch die Musiker der „Wiedertäufer“ der Einladung gefolgt. Kommissar Kehrer war nur unter der Bedingung erschienen, dass Claudine und er zum „Du“ zurückkehrten. Rasputin tauchte verspätet auf, obwohl seine Wohnung nur eine Stufenflucht entfernt lag. Er hatte bereits „vorgeheizt“.

Bei Biertreberbrot mit Griebenschmalz, Würskespfanne, gebratener Blutwurst, vegetarischem Flammkuchen und Altbierbowle saßen sie an einem langen Tisch und ließen die letzte Woche Revue passieren. Angesichts zweier Morde war die Stimmung gedämpft.

Als Nachzügler trudelte Jens Meyer-Haferkamp ein. Auch er machte einen geknickten Eindruck. Seine Arroganz schien von ihm abgefallen wie ein alter Mantel. Nachdem er zur Begrüßung auf den Tisch geklopft und sich gesetzt hatte, sagte er: „Ich weiß gar nicht, was ich noch hier soll. Nach Feuerwassers Abgang bin ich arbeitslos. Und die Aussichten sind düster. Wer stellt schon einen Eventmanager ein, dessen Boss unter dubiosen Umständen ermordet wurde? Ich hätte besser auf ihn aufpassen müssen.“

Niemand fühlte sich bewogen, ihm zu widersprechen.

Kehrer ergriff als Erster das Wort: „Von Anfang an war klar, dass nur ein einziger Malerpinsel für den Mord infrage kommt: Roy. Er allein war so schmächtig, dass er durch die Luke passte. Aber die beiden anderen waren seine Komplizen. Roy ist eine harte Nuss, er hat noch nicht gestanden. Seinem Kumpel Ansgar ist es in erster Linie darum zu tun, die eigene Haut zu retten. Er hat uns erzählt, wie es abgelaufen ist: Feuerwasser hatte ihnen schon vor ein paar Wochen die Kündigung ausgesprochen. Sie hassten ihn wie die Pest. Also kamen sie auf den Gedanken, ihn umzubringen. Immerhin erhofften sie sich dadurch, sein Atelier in seinem Sinne weiterzuführen und ein paar lukrative Aufträge zu erhalten. Die erste Gelegenheit, ihn umzubringen, ergab sich eher zufällig während der Vernissage in der Lambertikirche ..."

„Uns tut es leid, dass wir dabei unfreiwillig mitgespielt haben", sagte Fürchtegott Untod. „Wir wollten ihm doch nur eine Lektion erteilen ..."

„Ja, und dabei sind Sie den Malerpinseln ins Gehege gekommen", sagte Claudine. „Die hatten vorher schon die Türmerin überfallen, narkotisiert und an die Decke gehängt. Sie taten es, damit es keine Zeugen geben sollte. Unfreiwillig stifteten sie damit Verwirrung und ließen den Fall noch rätselhafter erscheinen. Nachdem Sie und ihre beiden Mitmusiker Reißaus genommen hatten, wollten die drei Malerpinsel das Werk in ihrem eigenen Sinne zu Ende bringen. Sie befreiten ihren angeschlagenen Meister aus dem Käfig. Ich hielt sie für Sanitäter, weil sie weiße Overalls trugen. Die hatten sie aber nur an, um nicht erkannt zu werden."

„Nachdem du, Claudine, aufgetaucht warst, wurde ihnen die Sache zu heikel. Sie sind ja keine Profimörder, sondern Amateure, denen plötzlich alles aus dem Ruder zu laufen drohte. Also schleppten sie Feuerwasser nach unten in ihren Wagen, um ihn dort zu töten", ergänzte Kehrer. „Es war der schwarze Lieferwagen, den sie auch für ihre Arbeit benutzten. Der Wagen ist von mehreren Zeugen gesehen worden. Rüdiger hat inzwischen ausgesagt, dass letztlich aber keiner von ihnen den Mut hatte, das Opfer umzubringen. Feuerwasser hat seine Chance ergriffen und ist geflüchtet."

„Warum ist er nicht zur Polizei gegangen?", fragte Claudine.

„Das kann ich Ihnen sagen", erklärte Meyer-Haferkamp. „Er hat bei mir Unterschlupf gesucht. Und er war mehr als sauer auf die drei. Er wusste natürlich nicht, dass sie ihn eigentlich hatten töten wollen. Er glaubte, dass sie nur einen

Denkzettel im Sinn gehabt hatten. Na ja, und dafür wollte er sich fürchterlich rächen. Er hat sie erpresst: Ab sofort würde er keinen Cent mehr für ihre Arbeit zahlen. Allenfalls Kost und Logis, so lange, bis sie ihre moralische Schuld abgeleistet hätten."

„Damit hatte er sein Todesurteil gesprochen", stellte Clemens fest.

„Und trotzdem kam es letztlich nur durch Zufall zum Mord", sagte Kehrer. „Als Feuerwasser unvermutet zwischen die Zugmaschine und den Mottowagen geriet, reagierten sie blitzschnell. Sie haben gestoppt, und einer von ihnen ist durch die Klappe unter den Wagen geklettert und hat Feuerwasser mit dem Tuch erdrosselt. Danach hat der Wagen zurückgesetzt, sodass niemand Verdacht schöpfte. Natürlich haben alle drei Hand in Hand gearbeitet, aber, wie gesagt, nur einer von ihnen passte durch die Klappe: Roy. Und wer den Trecker gefahren hat, werden wir auch noch herausfinden."

Eine Weile schwieg die Gesellschaft. Dann sagte Claudine: „Ich verstehe nicht, warum Maggy ihre Anzeige zurückgezogen hat. Und wer sie auf dem Gewissen hat. Ich weiß nur eines: Sie hat sich nicht selbst umgebracht."

„Ich fürchte, ich bin mitschuldig an ihrem Tod." Alle blickten nun auf Meyer-Haferkamp. Der wiederum sah Kommissar Kehrer an: „Maggy und ich hatten eine Liebesaffäre. Das war, bevor Feuerwasser sie in die Krallen kriegte. Aber wir waren noch immer Freunde. Sie vertraute mir. Feuerwasser überredete mich, nach dem Überfall mit ihr zu sprechen. Sie sollte die Anzeige zurückziehen. Er wollte die Polizei außen vor halten und sich persönlich darum kümmern, die drei Malerpinsel büßen zu lassen. Er war nun mal ein Despot, ein Alleinherrscher, ein Gott in seinem selbst erschaffenen Universum, wenn Sie so wollen. Da war es zwingend, dass er auch die Stelle des Richters und des Vollstreckers in eigener Person einnahm."

Er verbarg den Kopf in den Händen, damit sie seine Tränen nicht sahen.

„Sie haben Maggy immer noch geliebt, nicht wahr?“, erkannte Claudine.

Meyer-Haferkamp nickte.

„Und deswegen haben Sie auch die Gemälde gestohlen.“

„Mir ging es nur um das eine Bild. Das, das Maggy nackt zeigt und ihre Ehre beschmutzt.“

„Behalten Sie es, wenn Sie wollen“, sagte Kehrer großmutig. „Feuerwasser hat keine Erben, der Besitz fällt eh dem Staat zu.“

Claudine hätte ihn dafür umarmen können. So entspannt gefiel ihr der Kommissar schon wieder besser.

„Wie auch immer“, fuhr Kehrer fort. „Wir haben genügend Indizien, dass sich die Türmerin nicht selbst umgebracht hat. Es war einer der Malerpinsel. Sie hatten Angst, dass doch noch alles rauskommen würde. Nach dem Mord an Feuerwasser hatten sie keine Skrupel mehr. Das ist oft so: Nach dem ersten Mord fallen alle Hemmungen. Ich wette, dieser Rüdiger wird auch in der Hinsicht mit uns kooperieren und uns den Namen des Mörders verraten. Wenn er es nicht sogar selbst war.“

Damit schien alles geklärt.

Als hätte jemand auf genau diesen Moment gewartet, brachte Claudines Handy den Glockenschlag von Big Ben zu Gehör.

„Nicht schon wieder!“, stöhnte Clemens.

Claudine erwiderte seinen besorgten Blick.

Der Ober brachte die nächste Runde Altbierbowle. Big Ben läutete noch immer.

Claudine schaute in das trübe Getränk und fühlte sich an die Fluten der Themse erinnert. Das Glas war zwar weniger tief, aber ein Handy ließ sich darin allemal versenken.

„Ich wusste gar nicht, dass du so rigoros sein kannst“, staunte Clemens.

„Du musst mich eben noch ein wenig besser kennenlernen. Zeit genug wirst du haben …“

So, wie sie es sagte, klang es ganz und gar nicht nach einer Drohung.

HAPPY END

Danksagung

Kein Buch schreibt sich von allein. Dahinter stecken wie immer viele kluge Köpfe und Menschen, die mir lieb und teuer sind:

Ich danke Carsten Sebastian Henn, ohne den dieses und die beiden letzten Bücher gar nicht geschrieben worden wären. Außerdem haben wir beide ein paar Tage lang Münster unsicher gemacht, um vor Ort zu recherchieren und dort gemeinsam den Plot zu schreiben. Ich kann versichern, dass es mehr Spaß gemacht hat, als dass ich es Arbeit nennen würde. Nicht zuletzt diente ein Arbeitsessen im Sternetempel „Gourmet 1895“ unter Carstens fachkundiger Beratung als kulinarische Erlebnisvorlage für Kapitel 18.

Ich danke Sandra Lüpkes und Jürgen Kehrer, die sich die Zeit genommen und uns „ihr“ Münster nahegebracht haben. Insbesondere die Szenen um den Dom hat Jürgen Kehrer durch seine anregende Führung dort inspiriert. Jürgen erwies sich auch insofern als lebender Reiseführer, als dass er auf alle unsere Fragen eine Antwort wusste. Kein Wunder, denn der Erfinder von „Wilsberg“ lebt seit 1974 in Münster und ist nicht nur ein brillanter Krimiautor, sondern auch der Verfasser des sehr empfehlenswerten Reiseführers „Gebrauchsanweisung für Münster und das Münsterland“. Die neu entdeckte Liebe unserer Protogonisten für Altbierbowle ist auch Jürgen zu verdanken, indem er uns ins Pinkus Müller einlud.

Ich danke Sabine Herrmann von M7, der Agentur für Kommunikation und Markenpflege, die nicht nur diesen, sondern die ganze kleine Krimireihe um Claudine und Clemens initiiert und begleitet hat.

Vielen Dank Martje Salje, der wahren Türmerin der Lambertikirche, die mit ihren wertvollen Hinweisen und faktenreichen Angaben das Kapitel 1 erst in dieser Form ermöglichte. Ich selbst bin nämlich nicht schwindelfrei.

Ich danke Peter Schurzfeld, Jochen Ehrhardt, Melanie Meier und allen anderen liebgewonnenen Leuten bei topp + möller, wo diese Krimireihe letztlich ihre Heimat gefunden hat.

Ich danke Malte S. Sembten und Gisela Greving-Voehl für ihr kompetentes Lektorat und Fabian und Moritz fürs Korrekturlesen. Ebenso Oliver Fröhlich, dessen Argusauge auch die allerletzten Fehler herausgepickt hat. Sollte der Fehlerteufel dennoch irgendwo zugeschlagen haben: Gönnen Sie ihm den kleinen Triumph und schieben Sie alles auf den Autor, denn der hat die Fehler erst verursacht!

Ganz besonders bedanke ich mich bei Caroline Leitzgen von SCHMIDT Küchen, die Carsten und mich während der ganzen Serie liebevoll begleitet und jederzeit unterstützt hat. Merci bien!

Ich hoffe, wir sehen uns alle einmal wieder!

Uwe Voehl, Bad Salzuflen,
13. Februar bis 24. April 2015

Uwe Voehl

Uwe Voehl wurde 1958 im westfälischen Hagen geboren, hat zwei erwachsene Söhne und lebt heute mit seiner Frau und der Hundedame Ronja als freiberuflicher Autor und Lektor in Bad Salzuflen.

Noch in der Schulzeit veröffentlichte er erste Anthologien und Romane im Pabel-Verlag. Nach dem Abitur auf dem Hagener Fichte-Gymnasium und der Bundeswehrzeit in Stade erfolgte ein BWL- und Jura-Studium, später die Anstellung als leitender Werbetexter und Konzeptioner in Agenturen und Versandhäusern. Für das Magazin Salzstreuner schreibt Uwe Voehl seit Januar 2011 die monatliche Kolumne „Voehls Welt". Außerdem ist Uwe Voehl als Dozent für Creative Writing tätig (u. a. für die Bastei Lübbe Academy).

Bereits seine im Bastei Lübbe-Verlag erschienenen Krimis um den ermittelnden Journalist Moritz Morgenstern sind in Lippe angesiedelt. Mit „Mörderische Kurschatten" erschien der erste Lippe-Krimi bei topp+möller.

Auszeichnungen und Nominierungen:

- Nyctalus-Preis für die beste Kurzgeschichte (Nominierung) 2005
- Krimipreis Schloss Netzschkau für die beste Kurzgeschichte (1. Platz) 2006
- Krimipreis Schloss Wildenfels für die beste Kurzgeschichte (1. Platz) 2006
- Utopia-Literaturpreis der Aktion Mensch und des Börsenvereins des Deutschen Buchhandels 2008

topp+möller